Am kürzeren Ende der Sonnenallee wohnt Micha Kuppisch – gleich neben der Mauer. Wenn er aus der Haustür tritt, hört er die Rufe westlicher Schulklassen vom Aussichtspodest. »Guckt mal, 'n echter Zoni!« Doch Micha macht sich nichts daraus, er hat eine andere Sorge: Miriam. Sie ist das schönste Mädchen weit und breit, doch leider schon vergeben. Und so grübelt Micha tagein und tagaus, wie er es anstellen könnte, in Miriams Nähe zu sein.

Pointenreich erzählt Thomas Brussig, wie im Schatten der Mauer auch die Sonne schien. Micha, Miriam und die anderen lieben und lachen, tricksen und träumen. Sie schmieden Pläne, wie man einen Liebesbrief hervorangelt, den der Wind in den Todesstreifen geweht hat. Sie hören Jimi Hendrix und lesen Sartre, sie schaffen sich erfindungsreich eine eigne Welt. Manche allerdings sind zu blöd, ein Radio einzuschalten, wie der Grenzer, der heimkehrenden Tagesbesuchern vertraulich zuzwinkert: »Keine Angst, wir holen euch da raus.«

Onkel Heinz aus Westberlin, der sich dreißig Pfund abhungert, um unterm Anzug einen zweiten Anzug über die Grenze zu schmuggeln, Wuschl, dem ein Stones-Album das Leben rettet, oder die Existentialistin, die im Trabi ihr Baby bekommt – sie alle vom kürzeren Ende der Sonnenallee »haben die Luft bewegt«: »Mein Gott, waren wir komisch, und wir haben es nicht einmal gemerkt …«

Thomas Brussig, 1965 in Berlin geboren, wuchs im Ostteil der Stadt auf und arbeitete nach dem Abitur u.a. als Möbelträger, Museumspförtner und Hotelportier. Er studierte Soziologie und Dramaturgie und debütierte 1991 mit dem Roman ›Wasserfarben‹. 1995 erschien sein in zahlreiche Sprachen übersetzter und auch als Bühnenfassung erfolgreicher Roman ›Helden wie wir‹. 1999 erhielt er – zusammen mit Leander Haußmann – den Drehbuchpreis der Bundesregierung für ›Sonnenallee‹. Im Herbst 2001 veröffentlichte Thomas Brussig das Buch ›Leben bis Männer‹ und 2004 den Roman ›Wie es leuchtet‹. Thomas Brussig lebt in Berlin.

Thomas Brussig

Am kürzeren Ende der Sonnenallee

Fischer Taschenbuch Verlag

Dank an Leander Haußmann

Wenn ein Buch erscheint, gibt es viele, bei denen sich der Autor bedanken möchte. Das kann persönlich und mündlich getan werden. Hier jedoch gibt es jemanden, der sich eine gedruckte Danksagung verdient hat, denn in dieses Buch sind viele Ideen eingeflossen, die während unserer gemeinsamen Arbeit an einem Drehbuch entstanden sind. Danke, Leander!

Thomas

336.–355. Tausend: September 2008

Veröffentlicht im Fischer Taschenbuch Verlag,
einem Unternehmen der S. Fischer Verlag GmbH,
Frankfurt am Main, Juni 2001

Lizenzausgabe mit freundlicher Genehmigung des
Verlags Volk und Welt GmbH, Berlin
© Verlag Volk und Welt GmbH, Berlin 1999
Druck und Bindung: CPI – Clausen & Bosse, Leck
Printed in Germany
ISBN 978-3-596-14847-9

Für meine Eltern,
Sigune und Siegfried Brussig

Churchills kalter Stumpen

Es gibt im Leben zahllose Gelegenheiten, die eigene Adresse preiszugeben, und Michael Kuppisch, der in Berlin in der Sonnenallee wohnte, erlebte immer wieder, daß die Sonnenallee friedfertige, ja sogar sentimentale Regungen auszulösen vermochte. Nach Michael Kuppischs Erfahrung wirkt Sonnenallee gerade in unsicheren Momenten und sogar in gespannten Situationen. Selbst feindselige Sachsen wurden fast immer freundlich, wenn sie erfuhren, daß sie es hier mit einem Berliner zu tun hatten, der in der Sonnenallee wohnt. Michael Kuppisch konnte sich gut vorstellen, daß auch auf der Potsdamer Konferenz im Sommer 1945, als Josef Stalin, Harry S. Truman und Winston Churchill die ehemalige Reichshauptstadt in Sektoren aufteilten, die Erwähnung der Sonnenallee etwas bewirkte. Vor allem bei Stalin; Diktatoren und Despoten sind bekanntlich prädestiniert dafür, poetischem Raunen anheimzufallen. Die Straße mit dem so schönen Namen Sonnenallee wollte Stalin nicht den Amerikanern überlassen, zumindest nicht ganz. So hat er bei Harry S. Truman einen Anspruch auf die Sonnenallee erhoben – den der natürlich abwies. Doch Stalin ließ nicht locker, und schnell drohte es handgreiflich zu werden. Als sich Stalins und Trumans Nasenspitzen fast berührten, drängte sich der britische Premier zwischen die beiden, brachte sie auseinander und trat selbst vor die Berlin-Karte. Er sah auf den ersten Blick, daß die Sonnenallee über vier Kilometer lang ist. Churchill stand traditionell auf seiten der Amerikaner, und jeder im Raum hielt es für ausgeschlossen, daß er Stalin die Sonnenallee zusprechen würde. Und wie man Churchill kannte, würde er an seiner Zigarre ziehen, einen Moment nachdenken, dann den Rauch ausblasen, den Kopf schütteln und zum nächsten Verhandlungspunkt übergehen. Doch als Churchill an seinem Stumpen zog, bemerkte er zu seinem Mißvergnügen, daß der schon wieder kalt war. Stalin war so zuvorkommend, ihm Feuer zu geben, und während Churchill seinen ersten Zug auskostete und sich über die Berlin-Karte beugte, überlegte er, wie sich Stalins Geste adäquat erwidern ließe. Als Churchill den Rauch wieder ausblies, gab er Stalin einen Zipfel von sechzig Metern Sonnenallee und wechselte das Thema.

So muß es gewesen sein, dachte Michael Kuppisch. Wie sonst konnte eine so lange Straße so kurz vor dem Ende noch geteilt worden sein? Und manchmal dachte er auch: Wenn der blöde Churchill auf seine Zigarre aufgepaßt hätte, würden wir heute im Westen leben.

Michael Kuppisch suchte immer nach Erklärungen, denn viel zu oft sah er sich mit Dingen konfrontiert, die ihm nicht normal vorkamen. Daß er in einer Straße wohnte, deren niedrigste Hausnummer die 379 war – darüber konnte er sich immer wieder wundern. Genauso wenig gewöhnte er sich an die *tägliche Demütigung*, die darin bestand, mit Hohnlachen vom Aussichtsturm auf der Westseite begrüßt zu werden, wenn er aus seinem Haus trat – ganze Schulklassen johlten, pfiffen und riefen »Guckt mal, 'n echter Zoni!« oder »Zoni, mach mal winke, winke, wir wolln dich knipsen!«. Aber all diese Absonderlichkeiten waren nichts gegen die schier unglaubliche Erfahrung, daß sein erster Liebesbrief vom Wind in den Todesstreifen getragen wurde und dort liegenblieb – bevor er ihn gelesen hatte.

Michael Kuppisch, den alle Micha nannten (außer seine Mutter, die ihn von einem Tag auf den anderen Mischa nannte) und der nicht nur eine Theorie darüber hatte, wieso es ein kürzeres Ende der Sonnenallee gab, hatte auch eine Theorie darüber, warum *seine* Jahre die interessanteste Zeit wären, die es je am kürzeren Ende der Sonnenallee gab oder geben würde: Die einzigen Häuser, die am kürzeren Ende der Sonnenallee standen, waren die legendären Q3a-Bauten mit ihren winzigen engen Wohnungen. Die einzigen Leute, die bereit waren, dort einzuziehen, waren Jungvermählte, von dem Wunsch beseelt, endlich gemeinsam unter einem Dach zu leben. Doch die Jungvermählten kriegten bald Kinder – und so wurde es in den engen Wohnungen noch enger. An eine größere Wohnung war nicht zu denken; die Behörden zählten nur die Zimmer und erklärten die Familien für »versorgt«. Zum

Glück passierte das in fast allen Haushalten, und als Micha begann, sein Leben auf die Straße auszudehnen, weil er es in der engen Wohnung nicht mehr aushielt, traf er genügend andere, denen es im Grunde so ging wie ihm. Und weil fast überall am kürzeren Ende der Sonnenallee fast dasselbe passierte, fühlte sich Micha als Teil eines Potentials. Wenn seine Freunde meinten »Wir sind eine Clique«, sagte Micha »Wir sind ein Potential«. Was er damit meinte, wußte er selbst nicht genau, aber er fühlte, daß es was zu bedeuten hatte, wenn alle aus der gleichen Q3a-Enge kamen, sich jeden Tag trafen, in den gleichen Klamotten zeigten, dieselbe Musik hörten, dieselbe Sehnsucht spürten und sich mit jedem Tag deutlicher erstarken fühlten – um, wenn sie endlich erwachsen sind, alles, alles anders zu machen. Micha hielt es sogar für ein hoffnungsvolles Zeichen, daß alle dasselbe Mädchen liebten.

Die Verdonnerten

Sie trafen sich immer auf einem verwaisten Spielplatz – die Kinder, die auf diesem Spielplatz spielen sollten, waren sie selbst gewesen, aber nach ihnen kamen keine Kinder mehr. Weil kein Fünfzehnjähriger der Welt sagen kann, daß er auf den Spielplatz geht, nannten sie es »am Platz rumhängen«, was viel subversiver klang. Dann hörten sie Musik, am liebsten das, was verboten war. Meistens war es Micha, der neue Songs mitbrachte – kaum hatte er sie im SFBeat aufgenommen, spielte er sie am Platz. Allerdings waren sie da noch zu neu, um schon verboten zu sein. Ein Song wurde ungeheuer aufgewertet, wenn es hieß, daß er verboten war. *Hiroshima* war verboten, ebenso wie *Je t'aime* oder die Rolling Stones, die von vorne bis hinten verboten waren. Am verbotensten von allem war *Moscow, Moscow* von »Wonderland«. Keiner wußte, wer die Songs verbietet, und erst recht nicht, aus welchem Grund.

Moscow, Moscow wurde immer in einer Art autistischer Blues-Ekstase gehört – also in wiegenden Bewegungen und mit zusammengekniffenen Augen die Zähne in die Unterlippe gekrallt. Es ging darum, das ultimative Bluesfeeling zu ergründen und auch nicht zu verbergen, wie weit man es darin schon gebracht hat. Außer der Musik und den eigenen Bewegungen gab es nichts, und so bemerkten die vom Platz es erst viel zu spät, daß der ABV plötzlich neben ihnen stand, und zwar in dem Moment, als Michas Freund Mario inbrünstig ausrief »O Mann, ist das verboten! Total verboten!« und der ABV den Recorder ausschaltete, um triumphierend zu fragen: »Was ist verboten?«

Mario tat ganz unschuldig. »Verboten? Wieso verboten? Hat hier jemand verboten gesagt?« Er merkte schnell, daß er damit nicht durchkommen würde.

»Ach, *verboten* meinen Sie«, sagte Micha erleichtert. »Das ist doch Jugendsprache.«

»Der Ausdruck *verboten* findet in der Jugendsprache Anwendung, wenn die noch nicht volljährigen Sprecher ihrer Begeisterung Ausdruck verleihen wollen«, sagte Brille, der schon so viel gelesen hatte, daß er sich nicht nur die Augen verdorben hatte, sondern auch mühelos arrogant lange Sätze sprechen konnte. »*Verboten* ist demnach ein Wort, das Zustimmung ausdrückt.«

»So wie *dufte* oder *prima*«, meinte Wuschel, der so genannt wurde, weil er aussah wie Jimi Hendrix.

»Sehr beliebt in der Jugendsprache sind auch die Ausdrücke *urst* oder *fetzig*«, sagte Brille.

»Die aber auch nur dasselbe meinen wie *stark*, *geil*, *irre* oder eben – *verboten*«, erklärte der Dicke. Alle nickten eifrig und warteten ab, was der ABV dazu sagen würde.

»Jungs, ihr wollt mich wohl für dumm verkaufen«,

sagte der. »Ich glaube eher, daß ihr euch darüber unterhalten habt, daß es total verboten ist, einen Reisepaß, den eine Bürgerin der BRD verloren hat, nicht abzugeben, wenn man ihn findet.«

»Nein«, sagte Micha. »Das heißt ja – also wir wissen natürlich, daß es total verboten ist, einen Reisepaß, den man findet, nicht abzugeben. Aber darüber haben wir uns nicht unterhalten, Herr Wachtmeister.«

»*Obermeister!*« belehrte der ABV streng. »Ich bin kein Wachtmeister, sondern Obermeister. Das ist ein Unterführerdienstgrad. Erst ist man Oberwachtmeister, dann Hauptwachtmeister, Meister und Obermeister. Aber nächste Woche werde ich Unterleutnant. Das ist ein Offiziersdienstgrad.«

»Das ist ja interessant. Herzlichen Glückwunsch!« sagte Micha, der erleichtert war, daß der ABV vergessen hatte, weshalb er eigentlich auf dem Platz war. Anstatt dem *Verbotenen* nachzugehen, deklamierte er Dienstgrade herunter.

»Nach Unterleutnant kommt Leutnant, Oberleutnant, Hauptmann, Major, Oberst – alles Offiziersdienstgräder.« Micha haute Brille in die Seite, der ausgerechnet jetzt, als sich die Laune des ABV besserte, Luft holte, um dessen Pluralbildung zu korrigieren.

»Dann die Generalsdienstgräder: Generalmajor, Generaloberst, Generalleutnant, Armeegeneral – fällt euch was auf?«

»Es gibt 'ne ganze Menge Dienstgräder«, sagte Wuschel, der sich so wenig wie die anderen für Dienstgrade interessierte. »Aber Ihrer scheint noch ziemlich weit unten zu sein.«

»Sie haben in Ihrer Karriere das Schönste noch vor sich«, vermutete der Dicke, der Wuschels Gedanken aufgriff und freundlicher formulierte.

»Nee, Jungs! Wenn ihr besser aufgepaßt hättet, dann hättet ihr selbst bemerkt, daß bei den Offizieren der Leutnant weit *unterm* Major ist, obwohl dann, bei den Generälen, der Generalleutnant überm Generalmajor steht.«

»Wie ist denn das möglich?« fragte Mario ungläubig.

»Die Letzten werden die Ersten sein«, sagte Brille. »Das steht …« Er sprach nicht weiter, weil ihn Micha wieder in die Seite haute.

»Nächste Woche werde ich Unterleutnant, und dann wird hier durchgegriffen«, sagte der ABV entschlossen. »Wenn einer von euch einen Reisepaß einer BRD-Bürgerin findet, ist der bei mir abzugeben. Verstanden?«

»Wie heißt sie denn, die BRD-Bürgerin?« fragte Brille, der es wieder ganz genau wissen wollte.

»Ihr habt natürlich jeden Reisepaß, den ihr findet, bei mir abzugeben. Aber der Paß, der verloren wurde, gehört einer Helene Rumpel. – Wie heißt die BRD-Bürgerin?«

»Helene Rumpel«, antwortete Mario. Mario hatte die längsten Haare und galt deshalb als der Aufsässigste. Wenn Mario dem ABV brave Antworten gab, dann konnte der ABV das Gefühl haben, daß er sich auf dem Platz durchgesetzt hatte.

»Genau, Rumpel, Helene«, wiederholte der ABV, und die Jungs nickten. Dann wollte der ABV gehen, aber nach drei Schritten fiel ihm noch was ein, und er kam zurück.

»Und was war das vorhin für ein Lied?« fragte er lauernd, suchte die Start-Taste des Recorders und *Moscow, Moscow* begann von neuem. Micha rutschte das Herz in die Hose. Der verbotenste der verbotenen Songs! Der ABV hörte zu und nickte schließlich mit Kennermiene.

»Wessen Tonträger?« fragte der ABV. »Na? Wem seine Kassette ist das?«

»Eigentlich ist das meine«, sagte Micha.

»Aha! Die nehm ich mal mit. Ich leg nämlich selbst auch ganz gerne auf, im Kreise der Kollegen.« Micha schloß vor Entsetzen die Augen, als er sich *das* vorstellte. Er hörte nur noch, wie der ABV im Gehen munter rief: »Na, Jungs, so ein Hobby hättet ihr mir bestimmt nicht zugetraut, oder?«

Nach einer Woche war der ABV nicht vom Obermeister zum Unterleutnant befördert, sondern zum Meister degradiert worden. Und er begann, Micha zu schikanieren, indem er sich von ihm immer den Personalausweis zeigen ließ. Wann immer Micha ihm über den Weg lief, hieß es: »Guten Tag, Meister Horkefeld, Fahndungskontrolle. Ihren Personalausweis bitte.«

Die ersten Male nahm Micha das Wort *Fahndungskontrolle* sehr ernst und vermutete, daß *Moscow, Moscow*-Hörer früher oder später auf die Fahndungslisten kommen. Später reimte er sich

15

zusammen, daß der ABV tatsächlich *Moscow, Moscow* im Kreise der Kollegen gespielt hatte, vermutlich sogar auf dem großen Polizeiball anläßlich der Beförderungen. Und da *Moscow, Moscow* so unbeschreiblich verboten war, mußte es im Festsaal einen Riesenskandal gegeben haben. Micha konnte sich die Szene gut vorstellen: Der Polizeipräsident persönlich wird nach vorn gestürmt sein, um mit einem Gummiknüppel auf die Lautsprecherboxen einzuschlagen, während der Innenminister seine Dienstwaffe gezogen haben wird, um mitten im Lied den Kassettenrecorder zu zerschießen. Dann werden beide gleichzeitig dem ABV die beiden nagelneuen Unterleutnant-Schulterstücken wieder heruntergerissen haben. Daß es sich so, wenn nicht noch schlimmer, abgespielt hatte, mußte Micha vermuten, nachdem er viele Male erlebte, wie grimmig ihn der ABV bei den Ausweiskontrollen behandelte.

Wenn der ABV die Kassette mit *Moscow, Moscow* nicht an sich genommen hätte, dann wäre Michas erster Liebesbrief auch nicht in den Todesstreifen geflattert. Die Angelegenheit war kompliziert und ist demnach nicht leicht zu erklären, aber mit *Moscow, Moscow* hatte es im weitesten Sinne zu tun. Micha konnte sich nicht mal sicher sein, ob dieser Brief überhaupt an ihn war, und er konnte sich auch nicht sicher sein, ob dieser Brief von dem Mädchen war, von dem er für sein Leben gern einen Liebesbrief bekommen hätte.

Dieses Mädchen hieß Miriam, ging in die Parallelklasse und war ganz offensichtlich die Schulschönste. (Für Micha war sie natürlich auch die *Welt*schönste.) Sie war *das* Ereignis der Sonnenallee. Wenn sie auf die Straße trat, setzte ein ganz anderer Rhythmus ein. Die Straßenbauer ließen ihre Preßlufthämmer fallen, die Westautos, die aus dem Grenzübergang gefahren kamen, stoppten und ließen Miriam vor sich über die Straße gehen, auf dem Wachtturm im Todesstreifen rissen die Grenzsoldaten ihre Ferngläser herum, und das Lachen der westdeutschen Abiturklassen vom Aussichtsturm erstarb und wurde durch ein ehrfürchtiges Raunen abgelöst.

Miriam war noch nicht lange an der Schule, in die auch Micha, Mario und die anderen gingen. Niemand wußte etwas Genaues über sie. Miriam war für alle die fremde, schöne, rätselhafte Frau. Strenggenommen war Miriam ein uneheliches Kind, aber auch das wußte keiner. Sie war ein uneheliches Kind, weil ihr Vater mit dem Auto einmal zu früh abgebogen war. Er war auf dem Weg zum Standesamt, wo er Miriams Mutter treffen wollte, die im achten Monat schwanger war. Die Hochzeit sollte in Berlin stattfinden, und in Berlin kannte sich Miriams Vater kaum aus. Er kam aus Dessau und bog falsch vom Adlergestell ab, fuhr die Baumschulenstraße hinunter und stand plötzlich mit seinem Trabi im Grenzübergang in der Sonnenallee. Er verstand überhaupt nicht, daß er an einem Grenzübergang war, deshalb schimpfte er herum, stieg aus und lief aufgeregt umher. »Ich will da aber durch!« rief er immer wieder. Es kam öfter vor, daß sich Autos in so einen Grenzübergang verirrten, und meist wurden sie ohne viel Aufhebens zurückgeschickt. Aber Miriams cholerischer Vater hatte ein solches Faß aufgemacht, daß sich die Grenzer gründlicher mit ihm beschäftigten. Er wurde so lange verhört, daß er den Termin auf dem Standesamt nicht mehr schaffte, und ehe es zu einem neuen Termin kam, wurde Miriam geboren. So war Miriam ein uneheliches Kind.

Als Miriams kleiner Bruder geboren wurde, war Miriam bereits klar, daß sich ihre Eltern trennen würden. Ihr Vater war nicht ganz dicht – wenn er mal ausgesperrt wurde, trat er die Wohnungstür ein oder er veranstaltete auf der Straße ein Riesengeschrei, was Miriam und ihrer Mutter wegen der Nachbarn unglaublich peinlich war. Als sich Miriams Eltern endlich trennten, wollte sich Miriams Mutter vor den belästigenden Nachstellungen von Miriams verrücktem Vater sicher fühlen – und so zog sie ans kürzere Ende der Sonnenallee. Sie vermutete ganz richtig, daß Miriams Vater diese Gegend sorgfältig meiden wird.

Miriams Verhältnis zu Jungs und zu Männern war völlig undurchsichtig. Brille sagte, Miriam verhalte sich wie jedes normal deformierte Scheidungskind – diskret, ziellos, pessimistisch. Sie wurde öfter gesehen, wie sie auf ein Motorrad stieg, das just in dem Moment vorfuhr, als sie aus dem Haus kam. Die Maschine war eine AWO, also *das* Renommier-Motorrad. Die AWO war das einzige Viertakter-Motorrad im gesamten Ostblock, und sie gewann obendrein durch ihren Seltenheitswert, denn sie wurde seit den frühen sechziger Jahren nicht mehr gebaut. Daß Miriam auf eine AWO stieg, machte denen vom Platz klar, daß sie sich schon in einer ganz anderen Welt bewegte. Weder Micha noch Mario, Brille oder der Dicke hatten ein Motorrad oder wenigstens ein Moped; nur Wuschel hatte ein Klapprad. Und wenn einer von ihnen ein Moped oder gar ein Motorrad gehabt hätte, dann nur einen dieser aufdringlich knatternden Zweitakter. Selbst eine 350er Jawa, die immerhin zwei Zylinder hatte, kam längst nicht an den tiefen und ruhigen Sound der AWO heran. Der AWO-Sound mußte etwas Unwiderstehliches haben.

Wenn Miriam die Maschine vor ihrem Haus grummeln hörte, lief sie hinaus, begrüßte den Fahrer mit einem raschen Kuß – und weg war sie. Den AWO-Fahrer bekamen die vom Platz niemals zu Gesicht, denn er trug immer eine Motorradbrille.

»Vielleicht ist er gar nicht ihr Freund«, sagte Micha einmal. »Vielleicht ist es nur …« Ihm fiel niemand ein, der täglich das schönste Mädchen abholt, sich von ihr mit einem Kuß begrüßen läßt und nicht ihr Freund ist.

»Vielleicht ist es nur ihr Onkel«, sagte Mario spöttisch. Mario war auch in Miriam verknallt, aber im Gegensatz zu Micha romantisierte er sie nicht. »Willst du mit ihr *gehen,* oder willst du sie anbeten?« fragte er Micha einmal, und Micha antwortete wahrheitsgemäß: »Also erst mal will ich sie nur anbeten.« – »Aha, erst mal. Und dann, wenn erst mal vorbei ist?« fragte Mario. »Dann … Dann will ich für sie sterben«, erwiderte Micha. Er dachte betrübt daran, daß er noch längst nicht so weit war, mit einem Mädchen etwas anzufangen, wenn er sie nur anbeten und hernach nobel für sie sterben will.

Über Wochen und Monate brachte er es nie fertig, Miriam anzusprechen, und wenn sich die Gelegenheit hätte ergeben können, zum Beispiel bei der Schulspeisung, wenn sie plötzlich vor ihm in der Schlange stand, dann verkrümelte er sich wieder.

Allerdings versuchte Micha über Miriams kleinen Bruder immer wieder, alle möglichen Informationen herauszukriegen. Alle, die in Miriam verknallt waren – und das waren alle Jungs der oberen Klassen –, versuchten Miriams kleinen Bruder über Miriam auszufragen. Miriams kleiner Bruder war erst zehn, aber er wußte genau, was seine Informationen wert waren. Er ließ sich dafür sogar bezahlen, und zwar mit Matchbox-Autos. Wenn jemand von ihm etwas über Miriam wissen wollte, fragte er als erstes: »Haste 'n Metschi?« Das sprach sich schnell rum, und so wurden die Schüler der oberen Klassen zu Matchbox-Experten. Nur ihre Westverwandten wunderten sich darüber, daß Fünfzehn-, Sechzehnjährige zu Weihnachten den Lamborghini Countach oder den Road Dragster wünschten. Denn Mirimas kleiner Bruder nahm nicht jedes Auto. Als ihm Brille mal einen langweiligen froschgrünen Kennel Truck andrehen wollte, verweigerte er die Auskunft. Es sollte schon ein Maserati oder Monteverdi Hai sein, und sie mußten auch einwandfrei federn.

Miriams kleiner Bruder war in einer weiteren Beziehung privilegiert: Keiner wagte es, ihn anzufassen. Wenn ihm von den Gleichaltrigen Prügel drohte, konnte er sich auf Beistand der Älteren verlassen, und auch die taten ihm nichts, egal, wie unverschämt er wurde. Miriams Bruder war so unantastbar wie Miriam selbst.

Einmal, in einer echten Zwangslage, hat Micha dann doch versucht, Miriams Aufmerksamkeit auf sich zu lenken.

Die »Zwangslage« bestand darin, daß er zu einem Diskussionsbeitrag verdonnert worden war. Sein Freund Mario hatte die Parole DIE PARTEI IST DIE VORHUT DER ARBEITERKLASSE!, die in großen Lettern im Foyer der Schule prangte, an der richtigen Stelle um ein A bereichert. Mario wurde dafür verpetzt; eine Petze, die jeden verpetzte, fand sich immer. Leider stand Mario auf so einer Art Abschußliste. »Noch so 'n Ding, und du bist fällig«, hieß es beim letztenmal, und da wurde er nur beim Rauchen erwischt. Und jetzt war er fällig – was immer das heißen sollte. Mario wollte Abitur oder mindestens eine Lehrstelle als Kfz-Mechaniker, aber plötzlich blühte ihm eine Karriere als Betonbauer, Zerspaner oder Facharbeiter für Umformtechnik. Doch als Marios Freund hat nun Micha das mit dem A auf sich genommen; vielleicht spielte dabei auch eine Rolle, daß sie gerade Schillers *Bürgschaft* durchgenommen hatten. Ganz sicher jedoch hätte Micha gern in dem Ruf gestanden, verwegene Taten zu vollbringen. Und ein A an der richtigen Stelle in einer roten Parole anzubringen war eine verwegene Tat. Leider wußte weder Mario noch Micha, daß die Parole auf Lenin zurückging. Der Strick, der einem Übeltäter um den Hals gelegt werden sollte, wurde wie folgt gedreht: Wer Lenin beleidigt, beleidigt die Partei. Wer die Partei beleidigt, beleidigt die DDR. Wer die DDR beleidigt, ist gegen den Frieden. Wer gegen den Frieden ist, muß bekämpft werden – und wie es aussah, hatte Micha Lenin beleidigt. Deshalb wurde er von seiner Direktorin, die mit dem Namen Erdmute Löffeling gestraft war, zu einem Diskussionsbeitrag verdonnert.

Diskussionsbeiträge waren eine echte Strafe, obwohl sie eigentlich eine echte Ehre waren. Niemand wollte einen Diskussionsbeitrag halten. Jeder redete sich heraus. Dabei mußte durchklingen, daß man wirklich gern würde, aber leider, leider durch widrige Umstände daran gehindert sei. »Ich habe Hemmungen vor so vielen Menschen.« »Es gibt bestimmt Bessere.« »Mir fällt nichts ein, was würdig genug wäre.« »Ich bin kein guter Redner.« »Ich hab keine Zeit, um mich vorzubereiten, meine Mutter ist krank.« »Ich durfte schon im letzten Jahr.« »Ich bin bestimmt heiser.« Micha allerdings konnte sich nicht herausreden. Er hatte gesündigt und mußte Reue zeigen. Sein Diskussionsbeitrag sollte heißen »Was uns die Zitate der Klassiker des Marxismus-Leninismus heute sagen«. Miriam hatte noch nie mit Micha zu tun gehabt. Er befürchtete, für Miriam »der mit der roten Rede« zu werden, wenn sie ihn ausgerechnet mit dieser Rede das erstemal wahrnimmt.

Micha mußte sich noch vorher bei Miriam in Szene setzen. Darin bestand die Zwangslage.

Er hatte zwei Wochen Zeit, und in diesen zwei Wochen war auch die Schuldisco. Die Schuldisco fand in den ersten Wochen jedes Schuljahrs statt, wenn noch niemand so viele schlechte Zensuren hatte, daß er nicht mehr ausgelassen sein konnte. Trotzdem kam nie Stimmung auf, denn die Disco endete schon um neun, und nur in der letzten halben Stunde war es in der Aula dunkel wie in einer Disco. Trotzdem hielt Micha die Schuldisco für die einzige günstige Gelegenheit, sich bei Miriam in Szene zu setzen.

Natürlich war die Schuldisco die ungünstigste Gelegenheit. Es kamen alle Jungs der oberen Klassen, und alle hatten ungefähr dasselbe vor. Wer allerdings nicht kam, war Miriam. Erst als Micha, Mario, Wuschel, Brille und der Dicke aus Langeweile schon die Etiketten an den Colaflaschen abgepopelt hatten, kam Miriam. Sie setzte sich neben ihre Freundin, und die beiden begannen zu schnattern, als hätten sie sich zehn Jahre nicht gesehen. Miriams Freundin wurde hinter vorgehaltener Hand »das Schrapnell« genannt, weil irgendein Lästermaul mal gesagt hat, daß ein Schrapnell ihr Gesicht verwüstet haben muß. Micha wußte, daß es ausgeschlossen war, jemanden zu finden, der mit ihm im Doppel auftritt und mit dem Schrapnell tanzt. Nicht mal Mario war dazu bereit; lange bevor Miriam kam und sich neben das Schrapnell setzte, sagte er zu Micha: »Ich weiß, daß du was gut hast bei mir – aber komm nicht auf die Idee, daß ich *die* betanzen muß.«

Micha blieb gar nichts anderes übrig, als sich ein Herz zu fassen und das zu tun, was ein Mann tun muß. In der Pause, bevor ein neuer Titel begann, stand er auf und legte den ganzen endlosen Weg quer durch die Disco zurück. Sowie die erste Note zu hören war, fragte er Miriam: »Tanzenwa?« Er gab sich die allergrößte Mühe, lässig zu wirken. Aber plötzlich fuhr Micha ein Schreck in die Knochen, und er wußte, daß er sich auf das erbärmlichste blamiert hatte – der Song war ein Ostsong der übelsten Sorte. Gemeinster, allergemeinster Tschechenakzent. Die Tanzfläche leerte sich schlagartig. Miriam und das Schrapnell unterbrachen für einen Augenblick ihr Geschnatter, musterten Micha verstohlen aus den Augenwinkeln und prusteten los. Die ganze Schule war Zeuge dieser Blamage. Micha blieb eisern stehen, aber Miriam und das Schrapnell schnatterten schon weiter, als gäbe es ihn gar nicht. So mußte er wieder quer durch die Disco, und die ganze Schule glotzte ihn an. Wuschel sagte: »Das ist 'n tapferer Mann.« Und damit war gesagt, was alle dachten. Micha war der erste, der es gewagt hatte, Miriam zum Tanzen aufzufordern.

Micha saß von nun an wie betäubt auf seinem Stuhl, bis plötzlich etwas geschah – eine Unruhe griff um sich. Mario stieß Micha an, um ihn aus seiner Lethargie zu holen. Brille nahm seine Brille ab und putzte sie nervös, und dem Dicken klappte der Unterkiefer runter. »Das gibt's doch gar nicht.« Miriam tanzte, und sie tanzte nicht mit dem Schrapnell. Sie tanzte mit jemandem. Diesen Jemand kannte niemand. Er war einfach so hereingekommen, mit ein paar Freunden, und hatte Miriam aufgefordert. Seine Freunde haben die anderen Mädchen aufgefordert, nur die besseren. Und dazu hatten sie sogar einen langsamen Titel. Einen *langen* langsamen Titel. *Den* langen langsamen Titel schlechthin. Wem je das Glück zuteil wird, zu diesem Titel zu tanzen, der wird es nie vergessen und fortan die Menschheit einteilen in die, die das erlebt haben, und die, die es nicht erlebt haben. Die einen sind die Begnadeten, Erleuchteten, die anderen sind arme Kreaturen, vom Schicksal verstoßen, betrogen um ein kosmisches Erlebnis.

Miriam tanzte nicht nur mit dem Fremden, sie begann auch, mit ihm rumzuknutschen, und zwar heftig. Micha sah es, die Clique sah es, alle sahen es. Bis plötzlich das Licht anging und Erdmute Löffeling im Saal stand. Der Knutscher trug ein T-Shirt vom John-F.-Kennedy-Gymnasium: Miriam hatte sich mit einem Westberliner rumgeknutscht. Erdmute Löffeling machte eine Riesenszene. Der Westberliner wurde auf der Stelle rausgeschmissen, Miriam zu einem Diskussionsbeitrag verdonnert, und Micha war damit der Mann der Stunde.

In den folgenden Tagen setzten bei allen Jungs aus den Neunten und Zehnten fieberhafte Aktivitäten ein, die nur ein Ziel kannten: Jeder wollte sich ebenfalls zu einem Diskussionsbeitrag verdonnern lassen. Doch das war von vornherein zum Scheitern verurteilt; mit zwei Sündenböcken war ein Limit erreicht. Es waren nämlich immer ein paar Berufsjugendliche von der FDJ-Kreisleitung bei den Wahlen, und die hätten womöglich die Schule für einen einzigen Sauhaufen gehalten, wenn auf den FDJ-Wahlen nur von Verfehlungen und vom *Ich-gelobe-mich-zu-Bessern* die Rede wäre. Trotzdem gab es in den kommenden Tagen ständig Vorkommnisse, für die jeder Schüler unter normalen Umständen zu einem Diskussionsbeitrag verdonnert worden wäre. Wuschel antwortete im Physikunterricht, als er nach drei Verhaltensmaßregeln bei Atombombendetonationen gefragt wurde: »Erstens: Hinsehen, denn so was sieht man nur einmal. Zweitens: Hinlegen und zum nächsten Friedhof robben, aber – drittens: Langsam, damit keine Panik entsteht.« Er bekam eine Fünf, aber zu einem Diskussionsbeitrag wurde er nicht verdonnert. Mario warf im Sportunterricht beim Handgranatenweitwurf nur vier Meter weit. Das war pazifistisch gemeint, aber Mario mußte fünfzig Liegestütze, davon zehn mit Klatschen machen, damit er mehr Körner bekommt. Zu einem Diskussionsbeitrag wurde auch er nicht verdonnert. Der Dicke ließ sich erwischen, als er am Fahnenständer hantierte. Fahnen abhängen grenzte an Terrorismus, aber der Dicke wurde nur dazu verdonnert, am 7. Oktober die große Fahne zu tragen, »das Banner« genannt, was sich als eine echte Strafe herausstellte, denn am 7. Oktober goß es in Strömen. Während sich alle anderen kurz blicken ließen und alsbald verkrümelten, konnte sich der Dicke mit dem Banner nicht einfach verkrümeln. Und das Banner, das ohnehin schon schwer war, wurde im Regen noch schwerer. So schwer, daß es nicht mehr flatterte und deshalb gesenkt gehalten werden mußte. Dadurch gestalteten sich die Hebelverhältnisse für den Bannerträger schwierig. Es war für den Dicken ein echter Kraftakt, das klatschnasse Banner so vor sich herzutragen, daß das Emblem zu sehen war.

Micha blieb also der einzige, der zu einem Diskussionsbeitrag verdonnert wurde. Außer Miriam natürlich.

Die Begegnung der beiden fand im Dunkeln statt, hinter der Bühne der Aula. Miriam war, wie immer, zu spät, die Versammlung lief schon eine ganze Weile. Die Petze hielt einen endlos langen Rechenschaftsbericht, der von Prozentangaben nur so strotzte. Die Zahlen waren mehr oder weniger deutlich über einhundert; manche Angaben waren auch knapp unter einhundert Prozent. Die Petze konnte alles in Prozenten erfassen: Russischzensuren, Vorverpflichtungen für drei, zehn oder fünfundzwanzig Jahre Wehrdienst, Solispenden, Mitgliedschaften in FDJ, DSF, DTSB und GST, Klassenfahrten, Subbotniks, Messe der Meister von morgen, Bibliotheksfrequentierungen ... Als die Petze anfing, auch die Beteiligung bei der Pausenmilchversorgung in Prozenten darzulegen (»Siebzehn Komma vier Prozent der Schüler in Klassenstufe neun trinken Vollmilch mit zwei Komma acht Prozent Fett, das ist ein Anstieg von zwei Komma zwei Prozent ...«), schliefen die ersten ein. Der einzige, der bei dieser Rede nicht mit dem Schlaf kämpfen mußte, war Micha – aber der wartete hinter der Bühne.

Dann kam Miriam, kichernd und ohne FDJ-Hemd, und flüsterte: »Au weia, ich bin spät, ich bin spät. Bin ich hier überhaupt richtig?« Micha war so überwältigt, daß er ihr sagen wollte, sie sei überall richtig, doch da er vor Aufregung kaum sprechen konnte, hauchte er nur: »Ja. Richtig.« Es war dunkel und eng. Noch nie war er ihr so nah. Miriam sah Micha einen Moment an, drehte ihm dann den Rücken zu und zog sich das T-Shirt aus. Sie hatte nichts drunter. »Nicht schmulen!« flüsterte sie kichernd, und Micha vergaß zu atmen, so gebannt war er. Miriam zog ihre FDJ-Bluse aus einer Tüte und streifte sie über. Sie hatte noch nicht alle Knöpfe geschlossen, als sie sich wieder zu Micha umdrehte. Der war noch immer wie gelähmt.

»Und«, flüsterte Miriam. »hast du auch was ausgefressen?«

»Wie?« fragte Micha, der nicht verstand, was sie meinte.

»Na wegen irgendwas werden sie dich doch verdonnert haben.«

»Ach so, ja, natürlich!« sagte Micha, wobei er plötzlich nicht mehr flüsterte, sondern so laut sprach, daß ihn jeder im Saal hören konnte, der ein bißchen die Ohren spitzte. »Ich habe Lenin angegriffen, dazu auch noch die Arbeiterklasse und die Partei. Kannst dir ja vorstellen, was da los war.«

Je mehr Micha versuchte, sich bei Miriam in Szene zu setzen, desto gelangweilter schien sie zu reagieren. »Sooo ein Faß haben die aufgemacht, und beinahe hätten sie mich sogar …«

»Die im Westen küssen ganz anders«, unterbrach sie ihn mit einem romantischen Timbre in der Stimme, und Micha schluckte und verstummte. »Ich würd's ja gern mal jemandem zeigen«, flüsterte sie und kicherte. Dann hörte sie auf zu kichern – als wäre ihr eben eine Idee gekommen. Micha ahnte, *welche* Idee ihr gekommen war. Hinter der Bühne war es so eng, daß Micha keinen Fußbreit mehr zurückweichen konnte. In der Dunkelheit sah er ihre vollen Lippen feucht glänzen. Sie näherten sich ihm langsam, er spürte, daß sich in der FDJ-Bluse zwei aufregend volle Brüste hoben und senkten, und er roch ihren sanften, blumigen Geruch. Er schloß die Augen und dachte *Das glaubt mir keiner…*

Ausgerechnet in diesem Augenblick wurde die Petze mit ihrer Rede fertig und Miriam ans Rednerpult gerufen. Zwar war es dunkel hinter der Bühne, aber nicht so dunkel, daß Miriam nicht Michas entgeisterten Blick wahrnehmen konnte. »Irgendwann zeig ich's dir!« sagte sie mit einem letzten Kichern, ging auf die Bühne und hielt eine Rede, in der sie bekannte, daß sie besonders jene Jungs für männlich hält, die drei Jahre zur Armee gehen. Einem solchen Mann würde sie natürlich auch drei Jahre treu bleiben. Erdmute Löffeling wiegte wohlwollend den Kopf. Nur Micha konnte sehen, daß Miriam hinterm Rücken die Finger gekreuzt hatte.

Micha war von Miriams Beinahe-Kuß hinter der Bühne so berauscht, daß er schon nach wenigen Sätzen seiner Rede vom vorbereiteten Manuskript abkam. »Liebe FDJlerinnen und FDJler, ich möchte heute über die Bedeutung der Kenntnis der Schriften der Theoretiker der wissenschaftlichen Weltanschauung sprechen. Ihre Gedanken waren durchdrungen von einer großen, unsterblichen Liebe« – und in dem Augenblick, in dem Micha dieses Wort aussprach, begannen seine Augen zu leuchten, und er wurde von einer Euphorie ergriffen, unter der er völlig die Kontrolle verlor. »Einer Liebe, die sie stark und unbesiegbar machte und sie wie Schmetterlinge aus dem Kokon schlüpfen ließ, in dem sie eingesponnen waren, auf daß sie frei und glücklich über diese herrliche Welt flatterten, über prachtvolle Wiesen voller duftender Blumen, die in den schönsten Farben blühten …« Der Dicke sah sich besorgt um und fragte leise: »Hat dem einer was ins Essen getan?« Mario flüsterte zurück: »Wenn ja, dann hätte ich auch gern was davon.«

Michas Hochstimmung hatte zur Folge, daß Erdmute Löffeling in ihrer kurzen Grußansprache die Frage stellte: »Darf ein Revolutionär leidenschaftlich sein?«, um gleich darauf die Antwort zu geben: »Ja, ein Revolutionär darf auch leidenschaftlich sein.«

Mario mußte Micha festhalten, sonst wäre der aufgesprungen und hätte mit leuchtenden Augen in den Saal gerufen: »Ja! Ja! Seien wir doch alle etwas leidenschaftlicher!«

Nach der Versammlung ging Micha auf Miriam zu und sagte ihr so, daß es niemand hören konnte: »Ich habe gesehen, wie du bei deiner Rede die Finger gekreuzt hast.«

»Ja?« erwiderte Miriam. »Dann haben wir jetzt ein

30

gemeinsames Geheimnis.« Sie ließ Micha stehen und lief schnell zum Ausgang.

Micha glaubte, das AWO-Gebrumm zu hören. Er lief Miriam schnell hinterher, aber er sah sie nur noch als Beifahrerin auf der AWO verschwinden. Seiner guten Laune konnte das nichts anhaben, auch nicht, daß der ABV seinen Personalausweis kontrollierte.

Sie hat mir einen Kuß versprochen, sie hat mir einen Kuß versprochen, jubelte es in ihm auf dem ganzen Nachhauseweg. Aber weil er wußte, daß ihn seine Mutter vom Küchenfenster aus sieht, versuchte er sich nichts anmerken zu lassen.

Woalledurcheinanderreden

Michas Mutter hieß Doris, und sie behauptete gern von sich: »Ich halte doch den ganzen Laden zusammen!« Und so war es auch. Zu dem »ganzen Laden« gehörten auch Michas Geschwister, Bernd und Sabine, die beide älter waren als Micha.

Bernd war bei der Armee, wobei er um ein Haar um sie herumgekommen war. Er hatte einen sehr merkwürdigen Geburtstag, den 29. Februar. Für die Armee hatte wahrscheinlich jeder Februar nur achtundzwanzig Tage – Bernd hatte nämlich keine Musterungsaufforderung bekommen. Als in der Zeitung die Bekanntmachung erschien, alle müßten sich mustern lassen, die dannunddann geboren wurden, wollte Bernd das einfach ignorieren: »Niemand kann von mir verlangen, daß ich jeden Tag die Zeitung lese! Vielleicht merken die gar nichts von mir und vergessen mich«, sagte er damals. »Das kommt doch nie im Leben raus!« Frau Kuppisch, die schon damals ängstlich war, meinte: »So was kommt immer raus!«

So ging Bernd dann doch zum Wehrkreiskommando. Die Zeitung breitete er vor der Musterungskommission mit den Worten aus: »Guten Tag, ich komme auf Ihre Annonce.« Die Offiziere der Musterungskommission fanden das gar nicht komisch. Sie befahlen »Witze einstelln!« und schnauzten ihn an: »Hier herrschen andere Maßstäbe! Nicht nur in jeder, sondern in jedester Hinsicht.« Sie drohten Bernd mit DikkaturdesProlejats und fanden, daß er ohnehin schon an die Grenzen gegangen wäre – »Nicht nur des Erlaubten, sondern des Erlaubtesten«.

Als Bernd von der Musterung kam, erzählte er nur, daß »die da alle so komisch sprechen«. Als er dann selbst bei der Armee war, nahm auch er eine komische Art an, sich auszudrücken. Wenn er auf Urlaub kam, lernten ihn Kuppischs von einer ganz neuen Seite kennen. So fragte er nicht mehr: »Wann gibt's denn Abendbrot?«, sondern »Können wir bald Essen fassen?«. Und wenn er gefragt wurde, wie's im Theater war, dann klang seine Antwort ungefähr so: »Nach dem Einrücken in den Zuschauerraum bezog ich in Reihe acht meine Stellung. Keine besonderen Vorkommnisse.« Natürlich waren seine Leute sehr beunruhigt, aber sie ließen sich ihm gegenüber nichts anmerken. Das wird schon wieder, dachten sie, das ist nur vorübergehend.

Obwohl Bernd bei der Armee war, blieb es in der engen Wohnung genau so eng wie vorher. Es war ein anstrengendes Zuhause, fand Micha. Herr Kuppisch war Straßenbahnfahrer und mußte deshalb oft zu nachtschlafender Zeit aufstehen. Durch die dünnen Wände hörte Micha dann all jene Geräusche, mit denen ein Mann den Tag beginnt. Da Herr Kuppisch als Straßenbahnfahrer unregelmäßige Schichten hatte, wußte Micha auch nie, wann sein Vater

Feierabend hat. Brilles Vater hingegen war Ingenieur und kam jeden Tag genau fünf Minuten vor fünf nach Hause. In Michas Augen paradiesische Zustände. Brille hatte auch keine Geschwister. Micha hingegen hatte außer seinem Bruder Bernd noch eine Schwester, die ebenfalls älter als Micha war und Sabine hieß. Die kam jetzt in das Alter mit dem festen Freund, den sie auch immer mitbrachte. Allerdings hatte Sabine das Prinzip des festen Freundes nicht ganz verstanden – sie hatte ständig einen *anderen* festen Freund. Micha merkte sich nicht mal die Namen; er sagte immer nur »Sabines Aktueller«. Sabine liebte ihren Aktuellen jeweils so innig, daß sie ihm immer nachzueifern trachtete. Einmal wurde Sabine von Herrn Kuppisch ertappt, als sie einen Parteiantrag ausfüllte. Herr Kuppisch ging an die Decke (was bei dieser engen Wohnung nicht viel bedeutet), aber Sabine wies entschuldigend auf ihren Aktuellen: »Er ist doch auch in der Partei!«

»Und ich werde auch für sie bürgen«, verkündete ihr Aktueller. »Nicht wahr, ich werde für dich bürgen!«

Sabine nickte erwartungsfroh, aber Herr Kuppisch setzte dem ein Ende, indem er Sabine den Parteiantrag einfach wegnahm, ihn ein paarmal faltete und unter den kippelnden Tisch klemmte.

So eng die Wohnung auch war – ein großer Sessel hatte trotzdem Platz. Es war ein wuchtiger, thronartiger Ohrensessel mit wulstigen Armlehnen und einer tiefen einnehmenden Federung. Dieser Sessel war der Stammplatz von Onkel Heinz, dem Westonkel. Heinz schien sich in diesem Sessel wohl zu

34

fühlen, denn er kam oft zu Besuch. Und das war auch der Sinn und Zweck dieses Sessels.

Herr Kuppisch las die Berliner Zeitung, nicht das ND. Das eine war ein Blättchen mit viel Lokalem und einem Anzeigenteil, das andere war das *Zentralorgan*. Frau Kuppisch kam dahinter, daß in allen Zeitungen im Grunde dasselbe drinstand wie einen Tag zuvor im ND, und sie wollte ihren Mann überreden, zum ND zu wechseln. Aber Herr Kuppisch wollte nicht: »Ich muß mich doch nicht noch danach drängeln, diesen Mist zu lesen!«

»Aber unser Nachbar liest auch das ND!« meinte Frau Kuppisch. »Da kann's doch nicht so schlimm sein.«

»Der ist ja auch bei der Stasi!« meinte Herr Kuppisch.

»Woher willst du das wissen?«

»Weil er das ND liest!« Herr Kuppisch fand ständig Beweise, daß sein Nachbar bei der Stasi ist. Frau Kuppisch war sich da nicht so sicher. Und so gab es endlose Dispute.

Er: »Außerdem haben sie Telefon.«

Sie: »Aber das beweist doch gar nichts!«

Er: »Ach nee? Sind wir etwa bei der Stasi?«

Sie: »Natürlich nicht.«

Er: »Und haben *wir* Telefon? Na?«

»Nein, aber …«

Nun fiel Frau Kuppisch nichts mehr ein. Familie Kuppisch hatte wirklich kein Telefon.

»Ach«, sagte Herr Kuppisch grollend. »Ich schreib 'ne Eingabe.«

»Aber vorsichtig, Horst, mach vorsichtig«, sagte Frau Kuppisch.

Onkel Heinz, der Westonkel, hatte noch nie was von Eingaben gehört. »Was ist das, eine Eingabe?«

»Das ist das einzige, wovor die da oben noch Schiß haben!« verkündete Herr Kuppisch und rollte die Augen, als würden seine Eingaben die Mächtigen in den Palästen das Zittern lehren. »Wenn ich morgens ins Bad komme und merke, daß Wasser abgestellt ist, weil die wieder an ihren Rohren zu fummeln haben, dann …«

»Ach, 'ne Eingabe ist einfach nur eine Beschwerde«, wiegelte Micha ab, und Frau Kuppisch wiegelte noch weiter ab. »Beschwerde, Beschwerde, wie das klingt! Als ob wir uns beschweren.«

»Na klar beschweren wir uns!« behauptete Herr Kuppisch trotzig.

»Nein!« sagte Frau Kuppisch. »Wir regen an … oder wir geben zu bedenken … oder wir fragen nach … oder wir bitten darum, daß … Aber *beschweren*? Wir? Uns? Niemals!«

Onkel Heinz war der Bruder von Frau Kuppisch und wohnte auch in der Sonnenallee – allerdings am langen Ende. Er wußte, was er als Westonkel seinen Verwandten schuldig ist. »Guckt mal, was ich wieder geschmuggelt habe«, sagte er immer zur Begrüßung mit gesenkter Stimme und Verschwörermiene. Was Heinz mitbrachte, war grundsätzlich geschmuggelt. Er steckte sich Schokoriegel in die Socken oder stopfte eine Tüte Gummibärchen in die Unterhose. Erwischt wurde er nie. Aber an der Grenze bekam er jedesmal Schweißausbrüche. »Heinz, das ist alles legal!« hatte ihm Micha schon hundertmal erklärt. »Gummibärchen darfst du!«

Micha wollte, daß Heinz mal eine Platte mitbringt. Nicht gleich *Moscow, Moscow*, aber vielleicht The Doors. Heinz waren solche Aktionen zu riskant. Er wußte, was Schmugglern droht. »Fünfundzwanzig Jahre Sibirien! Fünfundzwanzig Jahre Sibirien für ein halbes Pfund Kaffee!«

Micha schüttelte den Kopf. »Die Geschichte kenn ich auch, aber da war's ein halbes Jahr Sibirien für fünfundzwanzig Pfund Kaffee.« Selbst Matchboxautos waren Heinz zu heiß. »Da mache ich mich doch der äh, wie heißt das gleich? – Verherrlichung des äh, Klassengegners schuldig, wenn ich euch zeige, was es für Autos bei uns gibt!« rief er. »Oder wenn ich ein niedliches kleines Polizeiauto mitbringe, dann ist das doch Verniedlichung des Gegners – und ich habe keine Lust, dafür in Sibirien Bäume zu fällen! Aber wieso willst du denn immer noch Matchboxautos?« Ja, warum wollte Micha immer noch Matchboxautos.

Wenn Heinz kam, machte sich Herr Kuppisch immer am Ausziehtisch zu schaffen. Er kam nie mit diesem Ding zurecht. Trotzdem wurde er nicht müde zu betonen, daß so ein Ausziehtisch praktisch sei. Auch die Kurbel, mit dem sich die Höhe verstellen ließ, fand Herr Kuppisch praktisch. Er meinte auch, daß Klappfahrräder praktisch wären oder zusammensteckbare Zahnbürsten. Jeder Fehlkonstruktion, die Platzeinsparung versprach und häßlich war, wurde von Herrn Kuppisch attestiert, »praktisch« zu sein. Der Optimismus, mit dem er an all seinen praktischen Gegenständen hantierte, hatte schon etwas Fanatisches. »Ach, das geht doch eins-fix-drei!« sagte er immer. Aber es ging nie eins-fix-drei.

Wenn Heinz im riesigen Sessel des engen Wohnzimmers Platz genommen hatte und den Blick schweifen ließ, seufzte er jedesmal: »Die reinste Todeszelle ist das!« Er hatte schon vor Jahren hinter der Heizung Asbest entdeckt und damals ausgerufen: »Asbest, ihr habt Asbest! Das macht Lungenkrebs!«

Herr Kuppisch, der noch nie das Wort Asbest gehört hatte, rief: »Ich mach 'ne Eingabe!«

Frau Kuppisch rief: »Aber vorsichtig, Horst, mach vorsichtig!«

Herr Kuppisch schrieb wie immer keine Eingabe, und das Asbest geriet immer mehr in Vergessenheit, auch wenn Heinz jedesmal, wenn er zu Besuch kam, seufzend daran erinnerte: »Die reinste Todeszelle ist das!« Micha verglich seine Eltern dann immer unwillkürlich mit den Rosenbergs in Sing-Sing, und manchmal versuchte er sich sogar vorzustellen, was seine Eltern in der Todeszelle für ein Bild abgeben würden. (Sein Vater würde wahrscheinlich noch auf dem elektrischen Stuhl rufen: »Ich schreib 'ne Eingabe! Ich bin nämlich unschuldig!«)

Als Heinz einmal Schuhe für Frau Kuppisch geschmuggelt hatte, die mit Zeitungspapier ausgestopft waren, und Herr Kuppisch neugierig die zusammengeknüllte BILD-Zeitung glättete und zu lesen begann, erbleichte er. »Hier«, sagte er und wies auf eine fette Überschrift:

NACH 15 JAHREN TOT
KILLER-ASBEST MACHT KREBS!

»Todeszellen!« rief Onkel Heinz. »Hab ich's doch gesagt!«

Frau Kuppisch begann nachzurechnen.

Herr Kuppisch, Micha und Sabine rechneten mit.

»Wir sind hier eingezogen …«

»Warte mal …«

»Na ja … vor fünfzehn …«

»Nein, länger …«

»Nix mit länger! Wenn wir den Urlaub rausrechnen …«

»… und die Zeit, die wir nicht zu Hause sind – Micha, Sabine, ihr seid doch immer sechs Stunden in der Schule gewesen?«

»Ich komme auf nicht ganz … fünfzehn Jahre.«

Fünfzehn Jahre. Auf dem Tisch lag die zerknitterte BILD-Zeitung, in der ganz dick stand, daß der Killer-Asbest nach fünfzehn Jahren den tödlichen Lungenkrebs bringt.

»Ich schreib 'ne Eingabe«, sagte Herr Kuppisch mit brüchiger Stimme.

»Aber vorsichtig, Horst, mach vorsichtig! Schreib nicht, wo du's herhast. Meinst du, die lassen Mischa in Moskau studieren, wenn wir uns andauernd beschweren?«

39

»Der will in Moskau studieren?« fragte Heinz erbost. »Aber der gehört nach Harvard, an die Oxforder Sorbonne! Nach Rußland geht man doch nur mit 'ner MPi unterm Arm oder 'ner Kugel am Bein.«

»Heinz, nicht vor dem Jungen!« zischte Frau Kuppisch.

Micha wollte nicht unbedingt in Moskau studieren; seine Mutter hatte das für ihn entschieden. Sie war diejenige, die für solche Entscheidungen zuständig war. Um in Moskau zu studieren, mußte Micha in eine Vorbereitungsklasse auf einer besonderen Schule, die »Rotes Kloster« hieß. Und um auf das Rote Kloster zu kommen, mußte er in jeder Hinsicht hervorragend sein. Er mußte hervorragende Zensuren haben, ein hervorragendes Berufsziel und eine hervorragende politische Einstellung, ein hervorragendes Verhalten, hervorragenden Einsatz zeigen, mit hervorragenden Freunden verkehren und einer ebenso hervorragenden Familie entstammen.

»Wir müssen alle einen ta-del-lo-sen Ruf wahren«, sagte Frau Kuppisch, die wußte, worum es ging. »Horst! Du liest nicht mehr die Berliner, sondern das ND.«

»Was, das ND? Das ist doch so groß!«

»Eben! Dann *sehen* es auch alle!«

»Nee, so eng wie das hier ist – verrat mir mal, wie ich das ND aufschlagen soll!«

»Dann setz dich ans Fenster, da sieht dich jeder. Wenn die Stasi zu unsern Nachbarn kommt und die nach uns ausfragt, dann sagen sie, daß bei uns das

ND gelesen wird. Dann ist alles in Ordnung, und Mischa kann aufs Rote Kloster und in Moskau studieren.«

»Die Stasi *kommt* nicht zu unsern Nachbarn, weil unsre Nachbarn die Stasi *sind*!« behauptete Herr Kuppisch.

»Ja, ja, was du wieder weißt«, erwiderte Frau Kuppisch.

»Klar weiß ich das! Weil ich nämlich gesehen habe, daß sie ihren Wartburg binnen einer Woche repariert bekommen haben. Na? Könnt ihr mir das erklären?«

Einmal hat Mischa seinen Nachbarn im Treppenhaus sogar direkt gefragt, wo er arbeitet. Der Nachbar sah Micha an und gab ihm das Gefühl, eine unanständige Frage gestellt zu haben. Micha tat ganz unschuldig und rechtfertigte sich: »Ich frage doch nur wegen meiner Berufsentscheidung. Wenn jemand erst um halb neun aus dem Haus geht und seine Frau den ganzen Tag zu Hause bleibt … Verstehen Sie: Ausschlafen und trotzdem reicht's für zwei – so was interessiert mich!« Er bekam natürlich keine Antwort.

Micha wußte tatsächlich nicht, was er werden sollte. Wenn er am Platz rumhing, hörte er Brille und Mario über ihr neues Lieblingsthema diskutieren. Brille war aufgefallen, daß es allem Anschein nach keine unpolitische Studienrichtung gibt – und wozu lohnt sich das Abitur, wenn es keine unpolitische Studienrichtung gibt?

Mario: »Was ist mit Architektur?«

Brille: »Um Häuser zu bauen, die so aussehen, wie's die SED will?«

Brille wußte sogar, daß das Studium der Ur- und Frühgeschichte nicht unpolitisch ist: Da lernt man auch nur, wie die sich schon damals nach der SED gesehnt haben.

Aber diese Diskussionen fanden meist ein Ende, wenn ein Touristenbus über die Grenze in den Osten gerollt kam. Dann rannten Mario und Micha auf den Bus zu, streckten die Hände bettelnd vor, rissen die Augen auf und riefen: »Hunger! Hunger!«

Die Touristen waren schockiert über die Zustände, die hinter dem Eisernen Vorhang herrschten, und schossen Fotos, und wenn der Bus verschwunden war, lachten sich Mario und Micha halbtot und stellten sich vor, wie in Pittsburgh, Osaka oder Barcelona ihre Bilder rumgezeigt werden. Die anderen vom Platz hatten keine Lust mitzumachen. Mario und Micha hingegen wurden in ihren Darstellungen immer übertriebener und theatralischer – sie krümmten sich, wühlten verzweifelt in den Papierkörben, imitierten Zusammenbrüche oder balgten sich um ein Salatblatt, das vor dem Gemüseladen lag. Natürlich hofften sie bei ihrer *Hunger! Hunger!*-Show von Miriam gesehen zu werden und sie zum Lachen zu bringen oder sogar etwas Bewunderung in ihr wachzurufen, aber Miriam war nie in der Nähe, wenn ein Touristenbus über die Grenze gerollt kam.

Die drei von der Tanzschule

Micha war seit dem Kuß-Versprechen nur einmal
mit Miriam zusammengetroffen. Sie gingen gemeinsam ein Stück die Straße hinab, und Micha wußte
nicht, worüber er mit ihr reden sollte. Er dachte an
das Asbest und sagte schließlich nur: »Ich hab nicht
mehr lange zu leben.« Und als sie sich verabschiedeten, sagte er bloß: »Tschüs.«

Micha hatte für einen orangefarbenen Monteverdi Hai von Miriams kleinem Bruder die Information
bekommen, daß sich Miriam zur Tanzschule ange-
meldet hatte. Er war so unvorsichtig, das am Platz
zu verkünden – woraufhin sich Mario, Brille und
der Dicke ebenfalls zur Tanzschule anmeldeten.
Micha wollte nicht, weil er nicht tanzen konnte. Mario meinte: »Eben drum! Keiner auf der Tanzschule
kann tanzen!« Micha wollte natürlich nicht auf dem
Platz rumhängen, während die anderen mit Miriam
Tanzstunden besuchen. Aber er brachte es nicht fertig, sich zur Tanzstunde anzumelden. Er ging zwar
zur Tanzschule und sah auf einer Tafel, daß die
Tanzlehrerin Frau Schlooth hieß – aber er meldete
sich nicht an. Doch als er bemerkte, daß er durch
die Fensterscheiben eines gegenüberliegenden Trep-
penhauses in die Tanzschule sehen konnte, ver-

steckte er sich dort und beobachtete heimlich das Geschehen im Tanzsaal.

Micha sah auf zwei gegenüberliegenden Stuhlreihen ungefähr zwanzig gekämmte Herren einer gleichen Anzahl adretter Damen gegenübersitzen. Dazwischen war die Tanzfläche mit der Tanzlehrerin, die erklärend Messer und Gabel hochhielt. Micha verstand, daß auf der Tanzschule nicht nur Tanzen gelehrt würde, sondern auch Benehmen überhaupt. Micha glaubte nicht die schlechtesten Manieren zu haben, weil er sich zum Beispiel vor dem Essen die Hände wusch und sich die Nase nicht am Ärmel abwischte.

Frau Schlooth, die Tanzlehrerin, war eine wasserstoffblonde, deutlich übergewichtige Dame auf Pfennigabsätzen, die sich von zwei jugendlichen Turniertänzern in körperengen Hosenanzügen assistieren ließ. Micha hatte bis dahin noch nie einen Schwulen erkannt; es gab bis dahin immer jemanden, der sagte, derundder sei schwul. Aber als Micha die beiden Turniertänzer sah, hatte er ein Bild vom Schwulsein – er taufte sie sogar *die Turniertanzschwuchteln.*

Frau Schlooth demonstrierte einen neuen Tanz, wobei sie abwechselnd mit der einen oder der anderen Turniertanzschwuchtel einige Schritte tanzte. Dabei zeigte sich, daß Frau Schlooth ihre nicht geringe Masse auch auf Pfennigabsätzen in Schwung zu bringen wußte. Während sie den neuen Tanz in den Armen der einen Turniertanzschwuchtel ganz genau erklärte, beobachtete Micha auch die stehengelassene Turniertanzschwuchtel, die jeweils guckte, als gelte es, den eifersüchtigen Blick zu üben.

Als die Demonstration abgeschlossen war, ging eine der Turniertanzschwuchteln zu einem Pult, hinter dem ein Plattenstapel vorbereitet war, und legte eine neue Platte auf den Plattenteller. Dann wurde Aufstellung genommen. Die Herren mußten sich erheben und die Damen auffordern. Micha wurde in dem Moment klar, daß Tanzschule auch bedeutet, daß er Miriam sehr, sehr nah sein wird, und wenn er kalte Finger, feuchte Hände, schlechten Atem oder schwitzende Achseln haben wird, dann würde sich das nicht verbergen lassen.

Während die Tanzschüler nun den neuen Tanz übten, was genauso lächerlich aussah, wie Micha es sich immer vorgestellt hatte, korrigierte Frau Schlooth die Paare individuell. Die Turniertanzschwuchteln trennten manchmal ein Paar und tanzten mit jeweils beiden Tanzschülern weiter, als eine Art praktische Unterweisung. Das bedeutete, daß immer einer von zwanzig Herren mit einer der Turniertanzschwuchteln tanzte. Das war ein dicker Hund, fand Micha. Übrigens tanzten die getrennten Paare nach ihrer Zusammenführung kein bißchen besser. Das konnte Micha gut verstehen: Auch er würde, wenn er mit einem Mann tanzen müßte, vor lauter Verkrampfung nichts lernen.

Frau Schlooth ließ die Paare nach jedem Lied wechseln, indem die Herren immer eine Dame weiterrücken mußten. So hatte jeder der Tanzschüler in

einer Tanzstunde ungefähr zwölf verschiedene Tanz-
partner – die Turniertanzschwuchteln inklusive. Als
die Tanzstunde zu Ende war und Micha sah, wie
die Tanzschüler sich auf der Straße voneinander verabschiedeten und zerstreuten, dachte er, daß Tanzstunden vielleicht doch nicht so schlimm sind – und
meldete sich an.

Es war zunächst noch viel schlimmer, als er gedacht hatte. Auf Geheiß von Frau Kuppisch zog
Micha für die Tanzschule seine guten Sachen an.
Die einzigen guten Sachen, die Micha hatte, war der
Anzug von der Jugendweihe. Aber Micha war in einem Jahr zehn Zentimeter gewachsen, und für seinen viel zu kleinen Anzug gab es vom Aussichtsturm
jedesmal besonderes Gejohle. Der ABV, der seit der
Degradierung wegen *Moscow, Moscow* mit Micha
sein Ding zu laufen hatte, kontrollierte Michas Ausweis extra in Höhe des Aussichtsturmes, was es für
Micha nur noch schlimmer machte; die Ausweiskontrolle wurde begleitet von Applaus und den Rufen »Jawoll, Herr Wachtmeister, lassen Sie das nicht
durchgehen!« und »Abführn! Abführn! Das sieht kri-
minell aus!« und »Verhaften! Verhören! Foltern!«. Das
geschah vor *jeder* Tanzstunde. Für Micha war es
eine schwere Zeit.

In der Tanzschule saßen die Herren den Damen
gegenüber, und natürlich wurde Miriam von allen
Herren gierig angestarrt. Alles war ungefähr so, wie
Micha es erwartet hatte. Als Frau Schlooth die ersten Tanzschritte zeigte, war Micha wieder von ihrer Eleganz beeindruckt – die dicke Dame schien mit

46

einer Leichtigkeit dahinzuschweben, als würde sie gar nichts wiegen.

Dann kam der Augenblick, an dem es um alles ging. Frau Schlooth verkündete: »So, die Herren erheben sich jetzt und nähern sich gemessenen Schrittes einer Dame, um sie mit einem Nicken zum Tanz aufzufordern.« In diesem Augenblick wurde Frau Schlooth einiges klar. Denn als sich Micha für die Tanzschule anmeldete, war Frau Schlooth noch ganz verwundert, daß es »diesmal kein Paarproblem gibt«, wie sie sich ausdrückte. Meistens waren deutlich mehr Damen als Herren bereit, Tanzstunden zu nehmen. Manchmal war dieses Problem so gravierend, daß eine Dame nur zugelassen wurde, wenn sie einen Herrn mitbrachte. Oder daß den Herren sogar die Kursgebühren erlassen wurden – allerdings nur, wenn sie schon einmal teilgenommen hatten und alles wiederholen wollten. Doch in Michas Kurs gab es kein Paarproblem im herkömmlichen Sinne. Als Frau Schlooth die Herren aufforderte, die Damen zum ersten Tanz zu bitten, verstand sie, warum. Denn ihre Aufforderung war gleichbedeutend mit dem Kommando zum Sturmangriff auf Miriam. Die ganze Linie der Herren verengte sich auf einen Punkt. Es gab Rempeleien und Stürze. Micha war als erster bei Miriam. Er war der erste, der seinen Arm um ihre Hüfte legen, ihre Hand fassen und ihr in die Augen sehen konnte. Micha hatte nicht geglaubt, wie glücklich es ihn machen würde, sie einfach nur zu halten. Er spürte ihren weichen Körper, ihren regelmäßigen Atem und den Duft ihrer Haare. Doch dann begann der Tanz, und es war vorbei mit der Romantik. Micha konnte kein bißchen tanzen. Andauernd stand er Miriam auf den Füßen, die sich schon nach zwei Minuten wünschte, ihn wieder loszuwerden. Ihr Wunsch ging in Erfüllung: Micha mußte Miriam, den Gepflogenheiten entsprechend, nach dem Tanz abgeben. Miriams nächster Partner war Mario. Der war auch nicht besser. So ging das immer weiter – alle wollten mit Miriam tanzen, aber jeder sprang ihr auf den Füßen rum.

Die Tanzstunden nahmen immer den gleichen Verlauf, Woche für Woche: Es begann mit einem großen Gerammel nach Miriam, dann wurde nach jedem Tanz reihum gewechselt. Vor Beginn der Tanzstunde gab es sogar Gerammel um den Platz, der Miriam genau gegenüber war, weil von dort der Weg zu ihr am kürzesten war. Bis Micha den Modus revolutionierte und sich in jeder Tanzstunde den *letzten* Tanz mit Miriam sicherte. Micha war klug genug, seine neue Taktik geheimzuhalten – und vor allem, wie er es anstellte, daß es auch jedesmal genau mit dem allerletzten Tanz klappte.

Er erinnerte sich daran, wie er aus dem gegenüberliegenden Treppenhaus beobachtet hatte, daß es für jede Tanzstunde einen vorbereiteten Plattenstapel gab. Also mußte er vor der Tanzstunde die Platten nur zählen, um herauszufinden, wieviel Titel gespielt werden – und dann nur noch, beginnend bei Miriam, die Stühle mit den Damen abzählen, um herauszufinden, mit welcher der Damen er anfangen muß, um den letzten Tanz mit

Miriam zu haben. Wenn sich nun an die zwanzig Herren um Miriam balgten, ging Micha gemessenen Schrittes zu der Dame, mit der er zu beginnen hatte. Wenn mit neun Titeln Foxtrott geübt wird, dann konnte Micha bei acht Partnerinnen tänzerisch aufs Ganze gehen – es machte ihm nichts aus, sie zu malträtieren, zu treten oder sogar zu legen. Immer, wenn es mitten im Tanz krachte und polterte, wußten alle, daß wieder einmal Michas Tanzpartnerin zu Boden ging. Nur Judo war schlimmer. Micha hatte bald einen fürchterlichen Ruf, ihm wurde »Mädchenschänder« hinterhergezischt. Seine Tanzpartnerinnen zeigten sich gegenseitig die Blessuren, die Micha ihnen zugefügt hatte. Micha betrachtete sie als sein Übungsmaterial. »Wer auf eine Tanzschule geht, muß wissen, worauf er sich einläßt«, sagte er. Erst beim jeweils letzten Tanz, mit Miriam, wollte Micha gut sein. Und das gelang ihm tatsächlich. Vielleicht auch deshalb, weil Micha als einziger der Herren den Horror vor den Turniertanzschwuchteln überwand und aus den Tänzen mit ihnen Nutzen ziehen konnte.

Miriam erkor Micha schließlich zum besten aller Tänzer. Nach der letzten Tanzstunde, der Tangostunde, fragte sie ihn, ob er sie zum Abschlußball gern an seiner Seite hätte. Genau so hatte sich Micha das ausgedacht.

In der Freude über sein geglücktes Kalkül hatte er jedoch übersehen, daß er im Laufe der Wochen viermal mit dem Schrapnell begonnen hatte, und zwar beim Walzer, beim Boogie-Woogie, beim Charleston und bei der Rumba. Das Schrapnell glaubte nun, *sie* sei Michas Auserwählte und er könne es nur nicht so richtig zeigen.

Fünfzig West zuwenig

Wuschel ging nicht zur Tanzschule. So was interessierte ihn nicht. Wuschel interessierte sich auch sonst für nichts, außer für Musik. Und für Musik interessierte er sich auch nur dann, wenn sie von den Rolling Stones war. Während die anderen vom Platz zur Tanzschule gingen, versuchte er, die *Exile on Main Street*, das 72er Doppelalbum der Rolling Stones aufzutreiben. Er wollte nur überspielen, aber in astreiner Qualität von einer englischen Pressung, also kein Jugoscheiß und erst recht keine indische Pressung. Es sollte da einen geben, Franki, der sämtliche Stones-Alben hätte. Es hieß, wenn Franki nicht gerade wieder wegen Körperverletzung brummt, dann sitzt er zu Hause und hört die Stones mit dem Lautstärkeregler am Anschlag. Wuschel ging zu Franki – und tatsächlich hörte er schon übern Hof *Paint It Black*. Das war zwar nicht von der *Exile*, aber fast. Wuschel stieg die Treppen hoch und stand vor einer Wohnungstür, hinter der ganz unzweifelhaft die Stones zu hören waren. Wuschel klingelte und klopfte – Franki öffnete nicht, solange *Brown Sugar, Gimmie Shelter, Have You Seen Your Mother Baby* und *Honky Tonk Woman* dröhnten. Wuschel versuchte, Frankis Täterprofil zu vergessen, und drosch mit aller Kraft gegen die Tür – erst mit den Fäusten und schließlich sogar mit den Füßen. Irgendwann ging sie auf. Genauer gesagt, sie wurde aufgerissen. Ein großes tätowiertes Tier mit vielen Vorstrafen stand in der Tür und glotzte Wuschel an. Wuschel fragte tapfer nach der *Exile*. Er wurde von dem tätowierten Tier mit herunterhängender Unterlippe angeglotzt, Wuschel blinzelte abwiegelnd zurück. Und so bekam Wuschel die Adresse von einem Hippie, der in Strausberg wohnte und jetzt die *Exile* besitzen sollte. »Hab ick im Suff verspielt«, sagte Franki heiser, und Wuschel sah zu, daß er wegkam.

Wuschel fuhr mit seinem Klapprad nach Strausberg und suchte den Strausberger Hippie. Der wohnte in einem Bauwagen. Der Bauwagen stand zwischen zwei Bäumen, zwischen den Bäumen war eine Hängematte, und in dieser Hängematte lag der Strausberger Hippie. Er hörte Musik und las ein Buch, das *Fan Man* hieß. Wuschel wagte sich nicht, in den Bauwagen einzutreten, weil der gesamte Boden des Bauwagens mit durcheinanderliegenden Plattenhüllen bedeckt war. Durch den Bauwagen zu laufen hieß in Platten zu waten – und das war für Wuschel Frevel.

»Mann, wer bistn du, Mann«, sagte der Strausberger Hippie.

»Ick hab deine Adresse von Franki, dem Tätowierten«, sagte Wuschel.

»Ja, Mann, kenn ich, Mann, ist aus Berlin, Mann, verrückte Stadt, Mann, mit 'nem Fernsehturm in der Mitte. Und, Mann, was führt dich zu mir?«

»Na, du hast doch die *Exile on Main Street*.«

»Nee, Mann, so darfste das nich sehn, Mann, die hatte ich, klar, von Franki, aber, Mann, weißt du, ich hab Zappa dafür gekriegt, und Zeppelin. Ist ja nicht übel, die *Exile*, aber die Dinge müssen doch in Bewegung bleiben, müssen zirkulieren, so wie dieses wundervolle Buch, das ich aus geweihten Händen empfangen habe, Mann, aus geweihten Händen. Also ich hab ja 'ne Menge Platten, Mann, aber hier wirste die *Exile* nicht finden.«

Wuschel bekam wenigstens noch raus, mit wem der Hippie die Platten getauscht hat. »Na Mann, mit Bergmann, Mann!« Und weil Bergmann in Berlin wohnte, setzte sich Wuschel wieder auf sein Klapprad und radelte zurück nach Berlin.

Als der Sportlehrer erfuhr, daß Wuschel mühelos längere Touren mit dem Klapprad bewältigt, kreuzte er mit einem Nachwuchstrainer bei Wuschel auf. Es war eine komische Situation: Zwei Männer in Trainingsanzügen versuchten, Wuschel zum TSC zu überreden. Wuschel redete sich raus. »Ich hab überhaupt keinen olympischen Ehrgeiz. Trainieren ist echt nicht meine Angelegenheit. Höchstens Stabhochsprung.«

»Wieso denn Stabhochsprung?« fragte der TSC-Trainer verwundert.

»Weil man da höher als drei fünfundvierzig springen übt«, erwiderte Wuschel, und niemand verstand, was er damit sagen wollte. Die Mauer war drei Meter fünfundvierzig hoch, und Brille hatte erzählt, daß alle Sportarten, die zur Flucht benutzt werden könnten, verboten waren: Auf der Ostsee durfte niemand segeln oder surfen. Auch Drachenfliegen und Paragliding waren verboten – damit niemand auf die Idee kommt, von einem Hochhaus im Grenzgebiet aus in den Westen zu fliegen. Auch das wußte Brille. Er kannte sich aus in Dingen, von denen niemand Ahnung hatte, obwohl sie alle etwas angingen.

Wuschel wurde natürlich kein Stabhochspringer – er vermutete sogar, daß es nur eine Frage der Zeit sei, bis auch Stabhochsprung verboten wird. Wuschel verfolgte die Spur der *Exile On Main Street* – und die sollte, so sagte der Strausberger Hippie, jemand besitzen, der Bergmann heißt.

Bergmann war ein Ängstlicher, zum Beispiel befürchtete er Hausdurchsuchungen, und deshalb hat er seine Platten, die er für gefäääährlich hielt, in unverdächtige Cover gesteckt. Eine Eric-Burdon-LP steckte in einer Hülle von Bachs *Wohltemperiertem Klavier*. Eine Platte von Bachmann Turner Overdrive tarnte er mit einer Blasmusik-Plattenhülle. Um die *Exile* verstecken zu können, kaufte sich Bergmann sogar zwei Platten vom Alexandrow-Ensemble, denn die *Exile* war ein Doppelalbum und brauchte zwei Hüllen. Seine Freundin wunderte sich darüber, daß bei ihm neuerdings sowjetische Armeechöre in der Plattensammlung standen.

Und dann kam Bergmann zur Armee, wo ihm ein Mißgeschick nach dem anderen widerfuhr. Zuerst ging ihm eine Nebelkerze auf dem Klo los. Dafür wurde ihm der Urlaub gestrichen. Dann hat er einen Panzer falsch eingewiesen, so daß der beim Rückwärtsfahren eine Gagarin-Büste abservierte. Auch dafür wurde ihm der Urlaub gestrichen. Und schließlich hat Bergmann sogar seine Panzerfaust in der Kneipe stehenlassen wie einen Regenschirm. Dafür wurde ihm natürlich auch der Urlaub gestrichen, und obendrein kam Bergmann für zehn Tage in den Bau. Seine Freundin hatte zu Hause den Wein schon entkorkt und wartete auf ihn, im Unterrock, weil sie so ausgehungert war. Doch anstatt Bergmann kam wieder nur der Telegrammbote. Darüber geriet Bergmanns Freundin schließlich so in Rage, daß sie den Wein allein trank, die Armee verfluchte und noch im Unterrock Bergmanns zwei Armeeplatten kurz und klein schlug. Und weil ihr vor Wut Tränen in den Augen standen, hat sie nicht erkannt, was sie wirklich zerkloppte.

Auch Wuschel kamen die Tränen, als er hörte, welches Ende die einzige *Exile on Main Street* weit und breit genommen hatte.

Die Tränen trockneten erst, als Wuschel von Kante hörte, einem spindeldürren Plattendealer, der wie ein Gespenst unter einer S-Bahn-Brücke stehen und Platten verkaufen sollte, die er über irgendwelche finsteren Kanäle bezog. Die einen sagten, er wäre bei der Stasi, die anderen, er arbeite für drei Geheimdienste auf einmal, dann wieder sagten welche, er beschaffe den Diplomaten willige Frauen für Oben-ohne-Parties. Andere behaupteten, daß er das untere Botschaftspersonal einfach nur noch an die Ostsee kutschiert und im Gegenzug Westsachen kriegt. Das war gut möglich, denn er war immer nur am Dienstag zwischen achtzehn und neunzehn Uhr unter der Brücke, und wer läßt sich da schon an die Ostsee fahren?

Als Wuschel zur bewußten Zeit unter die Brücke kam, sah er tatsächlich einen dünnen Typen mit einem quadratischen Beutel rumstehen und in die Luft starren. Und obwohl es schummrig war, trug der Dealer eine Sonnenbrille. Das machte großen Eindruck auf Wuschel, und so versuchte er erst einmal die Gepflogenheiten zu ergründen, indem er das Geschehen aus respektvoller Entfernung verfolgte. Ein Interessent mußte erst mal seine Bestellung abgeben, die Kante nur mit unglaublich hochnäsigen Kommentaren entgegennahm. »Was willste denn mit *Dylan*? Das ist doch drüben so was von *vorbei*!« »Bee Gees? Eunuchengequake, verschwuchtelte Discoscheiße!« »Stones kannste vergessen, seitdem der Brian Jones tot ist.« Kante konnte sich seine Arroganz leisten, denn er konnte wirklich alles besorgen. Als Wuschel bei ihm die *Exile on Main Street* bestellte, die englische Pressung, verschweißtes Cover, meinte Kante: »Na klar, verschweißt! Denkste, ick will den Schrott noch hören?«

Drei Wochen später hatte Kante tatsächlich eine verschweißte *Exile* in seinem Beutel, aber er wollte von Wuschel dreihundert Mark.

»Was, dreihundert Mark?« fragte Wuschel entgeistert.« Dafür muß ich in den Ferien vier Wochen arbeiten!«

»Das will ich aber hoffen! Wenn die Stones dafür

56

vier Wochen im Studio waren, ist es das mindeste, daß du *auch* vier Wochen dafür arbeitest!«

»Ich hab aber keine dreihundert Mark!«

»Oder fünfzig West?« fragte Kante.

»Nee, ich hab auch keine fünfzig West!« sagte Wuschel.

Kante stieß höhnisch die Luft aus und ließ das verschweißte Doppelalbum wieder in seinem Beutel verschwinden.

»Dann hast du fünfzig West zuwenig«, meinte er kalt.

Wuschel schluckte und versprach wiederzukommen, wenn er den Schotter hat. Ich glaube, Mario sagte damals schon, daß Wuschel seine *Exile* niemals hören wird, weil er es nicht übers Herz bringen wird, die originalverschweißte Hülle aufzureißen. »Etwas zu begehren ist viel interessanter, als etwas zu haben. Zum Beispiel Frauen«, sagte Mario, und alle, die es hörten, nickten und dachten neidisch: Mann, was der alles weiß!

Die Musik damals war gut, viel besser als heute. Das sagen alle, die schon damals einen Kassettenrecorder hatten. Damals wurde nur überspielt. Überspielen war *das* Wort. Irgendeiner hatte die Platte, und dann wurde sie auf Kassette überspielt. Heute benutzt alle Welt CDs. CDs sind besser, aber Platten haben viel mehr Charme. Wenn eine CD hakt, klingt es hektisch, und es stimmt aggressiv, ein Plattensprung hingegen hatte was Musikalisches und Einlullendes, zumindest nach sechs, sieben Wiederholungen. Platten mußten behutsam angefaßt werden, sie konnten Kratzer bekommen, sie waren so empfindlich. Platten vermitteln einem das Gefühl, mit etwas Kostbarem zu hantieren. Wie Wuschel mit den Platten umging, wie weihevoll er sie aus den Covern nahm und immer nur in der Mitte und am Rand anfaßte, wie er sogar die Cover nur am Rand anfaßte … Brille hat sich seine eigenen englischen Pressungen auf sein ZK 20 überspielt und immer nur das Tonband gehört, weil er glaubte, daß die Nadel seine Platte abnutzt. Mario hat seine Importe nur allein gehört, damit ihm nicht jemand gegen den Plattenspieler rennt. Er ging sogar auf Zehenspitzen, weil er Angst hatte, daß die Nadel springt und die Platte verknackt, wenn er auftritt. Aber zum Überspielen haben sich immer welche gefunden. Dann saßen sie zusammen, um ein, zwei, drei oder noch mehr LPs zu überspielen. Man mußte sich gar nicht groß kennen, es reichte ja, daß die Leute dieselbe Musik gut fanden. Sie konnten reden oder der Musik zuhören und hatten alle Zeit der Welt. Sie fühlten, wie es ist, ein Mann zu werden, und die Musik, die dazu lief, war immer stark.

Ton oder Knete, das ist hier die Frage

Micha hatte keine Westplatten – trotz Westonkel. Platten ließen sich nicht in der Unterhose schmuggeln, und für solche Abenteuer wie doppelter Boden war Onkel Heinz nicht der Typ. Es genügte, daß der Grenzer mal etwas gründlicher im Paß blätterte – und schon bereute Heinz, daß er für seine armen Verwandten immer wieder dieses verflucht hohe Risiko, erwischt zu werden, auf sich nahm. Einmal, als der Grenzer triumphierend mit dem Paß wedelte, blieb Heinz das Herz fast stehen. »Wissen Sie, was ich glaube?« sagte der Grenzer, als er die vielen Einreisestempel sah. »Wissen Sie, was ich glaube? Jemand, der so oft kommt wie Sie, wissen Sie, was ich da denke?«

Heinz hatte einen Kloß im Hals und schüttelte nur stumm den Kopf. Er fürchtete, daß er mit einer Keksrolle, die er sich dieses Mal mit Tesafilm an die Wade geklebt hatte, erwischt wird. Der Grenzer holte ihn in die Zollbaracke, und Heinz wußte: Das ist das Ende. Von jetzt an nur noch gesiebte Luft. Er streckte sogar schon seine Hände vor, für die Handschellen. Lieber gleich alles gestehen.

»Jemand, der so oft kommt wie Sie«, sagte der Grenzer und senkte vertraulich die Stimme, »der ist bestimmt ein Freund unserer Ordnung!«

Heinz nickte sicherheitshalber. Der Grenzer flüsterte mit bedeutsamen Augen: »Ich werde Ihnen mal was zeigen. Aber – pssst!« Er schlug ein Laken zurück, und zum Vorschein kam eine konfiszierte japanische Vier-Komponenten-Stereoanlage mit Drei-Wege-Baßreflexboxen, ein riesiges Teil mit Stationsspeichern, AFC, getrennte Höhen-/Tiefenregelung, manuelle Aussteuerung für jeden Kanal, Mono/Stereo-Wahlschalter, Ferro/Chromoxid-Wahlschalter, jeder Menge Funktions- und Bandbereichstasten und sogar vier Ein-/Aus-Schaltern. Mit einer triumphierenden Geste baute sich der Grenzer neben der Anlage auf und fragte stolz: »Und?«

Darauf wußte Heinz wieder nichts zu sagen, aber das wurde auch nicht erwartet. »Na, gucken Sie sich doch das mal an!« sagte der Grenzer. »Ist doch viel zu kompliziert! Und so was bauen die da drüben! Aber wir …«

Und nun präsentierte der Grenzer das Zimmerradio »Fichtelberg«, das neben vermickerten Topfpflanzen ein unscheinbares Dasein fristete. Das »Fichtelberg« hatte vier Knöpfe – drei große und einen kleinen, eine Skala und einen Lautsprecher.

»Das ist doch was!« sagte der Grenzer stolz. »Damit kommen die Werktätigen klar, das sage ich Ihnen. Hier: Ein Schalter für Ein/Aus *und* die Lautstärke – sparsamster Materialeinsatz also! Und der Lautsprecher ist gleich eingebaut – nicht so wie der da. Den hört man doch gar nicht ohne Extra-Lautsprecher! Und die kosten noch mal und brauchen einen Extra-Platz!«

Heinz, der sich noch vor einer Minute nach Sibirien verschwinden sah, ahnte, daß es sich hier um ein Mißverständnis handelte, allerdings zu seinen Gunsten: Er als vermeintlicher Verehrer der DDR sollte über die neuesten Errungenschaften auf dem laufenden gehalten werden. Und er fragte sich, ob Familie Kuppisch jemals ermessen kann, was es für ihn bedeutete, Mal für Mal über diese Grenze zu gehen, mit verbotenen Geschenken, die er in minutiöser Vorbereitung an seinem Körper angebracht hatte. An Stellen, über die er wochenlang grübelte. Niemals wird einer von den Kuppischs das Gefühl kennenlernen, das ein Onkel Heinz vor einem DDR-Grenzer hatte. Heinz würde natürlich niemals mit den Kuppischs und ihrem Leben in der Zone tauschen wollen – aber daß die keine Ahnung von dem haben, was er jedesmal beim Grenzübertritt durchmachte, das fand Heinz ungerecht.

Der Grenzer hörte gar nicht auf, die Vorzüge des »Fichtelberg«-Radios zu preisen, aber Heinz wollte nur schnell raus aus dieser überheizten Baracke, wo schon eine Deckenplatte geborsten war und der Asbest rieselte.

»Davon kriegt man Krebs«, sagte Heinz, und das versetzte den Grenzer in noch bessere Laune.

»Ja, das sind die Probleme, die die im Westen haben«, sprach er und riß den Mund auf, wo es aussah, als hätte der Stomatologie-Studentenkurs das Plombieren geübt. »Hauen hie ha! Hie im Hesten glauen, haß han dahon Hebs hekomm.« Er händigte Heinz den Paß aus und schlug ihm in Bombenlaune auf die Schulter: »Aber ich hatte noch nie Krebs. Und während wir den Sozialismus aufbauen, fürchten sich eure vor Krebs, oder sie bauen Radios, die kein Mensch bedienen kann. Haha, die haben doch keine Schangse!«

Heinz nickte und überlegte, sich mit erhobener Kampfesfaust zu verabschieden, aber er ließ es bleiben, weil es vielleicht als Drohung verstanden wird. Wieso sich Kommunisten überhaupt mit erhobenen Fäusten grüßen, hat Heinz nie begriffen.

Heinz hätte das Sabines Aktuellen und Parteibürgen gefragt, aber der war nicht mehr aktuell. Sabines aktueller Aktueller war beim Theater, ein Kulissenschieber mit Ambitionen. Er wollte Regisseur werden. Obwohl er es noch längst nicht war, sprach er schon von »meinen Schauspielern« und davon, daß Schauspieler Ton in den Händen des Regisseurs sind. Herr Kuppisch fragte: »Wieso Ton? Wieso nicht *Knete*?«

Als Heinz mit seiner Keksrolle im Hosenbein vorsichtig die Treppen hochstieg, hörte er Sabine die Zeile »... auf Mordgedanken und entweibt mich hier ...« aus *Macbeth* deklamieren. Sie arbeitete schon zwanzig Minuten an dieser einen Zeile, aber da sie in der Badewanne saß, erlag ihr Ausdruck immer wieder einer kontextualen Brechung.

Wenn Heinz bei der Familie seiner Schwester zu Besuch war, geschah fast immer etwas, was ihn schockierte. Dieses Mal stockte Heinz der Atem, als er seine Schwester begrüßte. Frau Kuppisch machte sich vor dem Spiegel zurecht, aber sie schien auf einen Schlag zwanzig Jahre gealtert. Herr Kuppisch, der wieder verzweifelt am Ausziehtisch hantierte, kommentierte grimmig: »Jede Frau tut etwas, um jünger auszusehen, nur meine will offenbar älter aussehen!«

Als sich Heinz wieder gefangen hatte, wies er auf den Killer-Asbest hinter der Heizung und antwortete Herrn Kuppisch: »Sei froh, daß du sie noch so erlebst, denn so alt, wie sie aussieht, wird sie nie, und selbst wenn, würdest du es nicht erleben!«

Frau Kuppisch konnte dieses Thema überhaupt nicht leiden. »Heinz, hör auf damit, das macht den Mischa nur verrückt.«

Micha protestierte. »Mama, warum nennst du mich andauernd *Mischa*? Ich heiße Micha!«

»Komm, das kann nicht schaden. Mischa ist russisch, und du willst in der Sowjetunion studieren!«

»Deshalb mußt du mich doch nicht Mischa nennen! Ich sag doch auch nicht Mamutschka.«

»Wieso, ist doch nicht schlecht, wenn alle denken, daß wir Freunde der Sowjetunion sind«, sagte Frau Kuppisch.

»Trotzdem! Nicht Mischa! Das klingt wie …«

»Wie Mörtelmischer«, sagte Heinz.

Sabine unterbrach ihre Proben an *Macbeth* und schrie aus dem Badezimmer. »Nenn ihn Miiiehscha, mit rrruuhssischer Seelje«, rief sie, so russisch sie konnte. »Wie Puuuhschkin. Oder Tscheeechow.«

»Ras, dwa, tri – Russen wer'n wir nie!« schrie Heinz Richtung Badezimmer zurück.

»Heinz! Nicht vor dem Jungen!«

»Ach, wieso denn!« sagte Heinz. »Und wenn ihr unterm Iwan nicht mal Telefon habt, dürft ihr ihn nicht nach Rußland schicken! Wie soll er euch denn, von Wölfen umzingelt, aus seiner Blockhütte anrufen?«

Sabine kam mit ihrem Kulissenschieber aus dem Badezimmer, trocknete sich die Haare und griff das Stichwort auf, das sie aufgeschnappt hatte. »Telefon kriegen wir doch nie.«

»Meine Friseuse hat jetzt privat Telefon bekommen, weil sie Zucker hat«, sagte Frau Kuppisch, was Heinz leider mißverstand.

»Braucht ihr *Zucker*?« fragte er gedämpft. »Ich kann welchen schmuggeln.«

»Nein, sie ist zuckerkrank, und wenn sie ihren Insulindingsbums hat, braucht sie Telefon.«

»Also, da schreib ich 'ne Eingabe!« erklärte Herr Kuppisch, holte ein Blatt Papier, zog die Kappe vom Füllhalter – und stockte. »Aber welche Krankheit haben wir?«

Micha dachte: Wir haben alle 'nen Dachschaden.

»Überlegt mal«, sagte Herr Kuppisch und pochte auf den Tisch. »Haben wir nicht 'ne eindrucksvolle Krankheit?«

»Lungenkrebs«, schlug Heinz vor.

»Hier hat keiner Lungenkrebs!« sagte Frau Kuppisch streng. »Aber ich hab 'ne Pollen-Allergie.«

»Mehr nicht?« fragte der Kulissenschieber.

»Nein, nur 'ne Pollenallergie«, sagte Frau Kuppisch.

»Keine Chance«, sagte Herr Kuppisch traurig. *»Wir können doch nicht alle gesund sein!«*

64

»Es ist eine Schande!« verkündete Heinz. »In der freien Welt haben die Pollenallergiker ihren eigenen Telefonservice, und im Kommunismus dürfen Pollenallergiker nicht mal ein Telefon besitzen.«

»Was denn für ein Service?« wollte Herr Kuppisch wissen.

»Na, welcher Pollen gerade fliegt«, erklärte Heinz.

»Pappel oder Linde … Das ist wie mit dem Honig. Ihr kennt nur Honig, aber wir haben Akazienhonig, Kleehonig, Waldhonig …«

»Und bei euch sind sie nur gegen manche Pollen allergisch und gegen andere nicht?« fragte Herr Kuppisch ungläubig, der nie geahnt hatte, daß sich der westliche Individualismus in solchen Verfeinerungen ausdrückt.

»Genau«, bestätigte Heinz.

Herr Kuppisch staunte mit offenem Mund. »Da kannste mal sehen«, sagte er in die Runde.

Da meldete sich der Kulissenschieber zu Wort. »Brecht oder Heiner Müller würden da dialektisch rangehen. Die würden, wenn sie Pollenallergiker wären, eine Eingabe machen und einen Pollen-Telefondienst fordern – selbst wenn sie kein Telefon haben.«

»Na und?« fragte Herr Kuppisch mißmutig. »Was hätte Brecht davon? Dann gäb's einen Telefonservice, aber er hätte immer noch kein Telefon. Dann hat sich's mit der Dialektik.«

»Nicht ganz!« sagte der Kulissenschieber triumphierend. »Wenn es den Pollenservice gibt, würde Brecht noch eine Eingabe schreiben: *Weil* es jetzt ei-

nen Pollenservice gibt, muß er jetzt ein Telefon bekommen!«

»Wieso?«

»Na, was soll der Telefonservice, wenn die Pollenallergiker kein Telefon haben!«

Was der Kulissenschieber da vorschlug, war so
bestechend, daß keiner widersprechen konnte.
Schließlich sagte Herr Kuppisch resigniert: »Kriegt ja
sowieso nur Telefon, wer bei der Stasi ist.«

Während die Stasi-Nachbarn Herrn Kuppisch Ver-
druß bereiteten, setzte sich Frau Kuppisch gern vor
ihnen in Szene – immer in der Rolle der linientreu-
en Familienmutter. Zum Beispiel abonnierte sie
tatsächlich das ND, aber nicht, um es jeden Morgen
zu lesen, sondern um es jeden Morgen aus dem
Briefkasten herausschauen zu lassen. Sie legte so
viel Packpapier in den Briefkasten, daß das ND nicht
mehr vollständig hineinpaßte. Jeder, der an den
Briefkästen vorbeikam, sah zwangsläufig, daß bei
Kuppisch ND gelesen wird.

Als wieder ein Festival anstand, hat Frau Kuppisch ihren Stasi-Nachbarn so im Treppenhaus ab-
gefangen, daß es wie eine zufällige Begegnung aussah. »Gut, daß ich Sie treffe«, rief Frau Kuppisch.
»Können Sie uns vielleicht zwei Luftmatratzen lei-
hen, für die Einquartierung, wo doch jetzt wieder
Jugendfestival ist.« Die Schlüsselworte *Einquartierung* und *Jugendfestival* kamen noch etwas holprig,
Frau Kuppischs Engagement für die gemeinsame
große Sache hatte keine Vorgeschichte. Das Wort
Luftmatratze hingegen sprach sie so abgeschliffen

aus (Luffatrasse), daß jeder aufmerksame Zuhörer
ahnte: Frau Kuppisch ist mit den Utensilien der Ba-
defreuden auf du und du. Das fiel sogar Frau Kuppisch auf, und so versuchte sie es erneut. »So ein Jugendfestival ist doch eine schöne Sache«, rief Frau
Kuppisch, als sich ihr Nachbar kommentarlos dar-
anmachte, die zwei Luftmatratzen hervorzukramen,
»gerade für die jungen Leute! Dafür muß man auch
in einer engen Wohnung noch mal ein bißchen zu-
sammenrücken, oder?« Frau Kuppisch dachte: Ja, ja,
melde du mal ruhig weiter, was wir für 'ne soziali-
stische Familie sind. Und laut sagte sie: »Unsere Einquartierung wird sich bestimmt wohl fühlen bei
uns!«

Während Frau Kuppisch weitere Sätze mit den
Wörtern *Jugendfestival* und *Einquartierung* bildete, kamen Micha und Mario die Treppen hoch. Frau
Kuppisch begrüßte ihren Sohn, daß es auch der Stasi-Nachbar hörte: »Mischa! Schön, daß du da bist,
das Essen ist schon fertig, Soljanka, dein Leibge-
richt!«

»Soljanka?« fragte Mario prompt, und seine Augen
funkelten zornig. Micha fühlte sich durch seine Mutter bloßgestellt, er war doch nicht der Soljanka-Lieb-
haber Mischa, schon gar nicht vor Mario. »Erst ins
Rote Kloster, und jetzt leckst du dir auch noch die
Finger nach dem Russenfraß. Du wirst so 'n richtig
russischrotes Arschloch!«

Mario war in jenen Tagen unglaublich gereizt. Er
hatte sich von seinen langen Haaren trennen müssen. Er hatte tausend Eide geschworen, es niemals

zu tun, und es doch getan. Es geschah nicht mal unter offenem Zwang. Mario hatte sich die langen Haare abgeschnitten, weil er bei der Mopedprüfung jenen berüchtigten Prüfer hatte, dessen Ehrgeiz darin bestand, jeden, aber wirklich jeden Langhaarigen durchfallen zu lassen. Seine Methoden waren nicht frei von Bosheit. Durchaus klemmte er vor Prüfungsbeginn heimlich das Bremslicht ab und ließ seinen langhaarigen Prüfling dann durchfallen, weil der sich vor Fahrtantritt nicht vom ordnungsgemäßen Zustand des Fahrzeugs überzeugt hatte. Mario war schon einmal durchgefallen; er war mit einem geschlossenen Benzinhahn auf die Prüfungsstrecke geschickt worden und schon nach ein paar Metern mitten auf einer Kreuzung liegengeblieben. Als Mario erfuhr, daß auch seine Nachprüfung von jenem berüchtigten Prüfer abgenommen wird, setzte er sich zehn Minuten vorher in einem dunklen Hausflur seinen Motorradhelm auf und schnitt alle hervorquellenden Haare ab. Er bestand, aber frisurmäßig war er erst mal im Keller, und als er im Treppenhaus Frau Kuppisch begegnete, die Mischa zur Soljanka rief, erkannte sie ihn genau so wenig wie er sie. Frau Kuppisch sah noch immer so aus, als wäre sie zwanzig Jahre älter geworden.

Und als Heinz das nächstemal kam, war auch er nicht wiederzuerkennen: Er hatte sich binnen fünf Wochen von einhundertsechsundsechzig auf einhundertdreißig Pfund heruntergehungert. Er hatte nichts gegessen, »weniger als im Lager in Sibirien!«, wie er verkündete, und täglich Gewichte gestemmt.

»Ich hab mehr geschwitzt als im sibirischen Stein-
bruch!« Heinz war so leicht geworden, daß sogar die
Sprungfedern anders klangen, als er sich in seinen
Sessel setzte.

»Mensch, Heinz, du Hungerhaken, komm, setz
dich an Tisch«, sagte Frau Kuppisch besorgt und ver-
trieb Herrn Kuppisch, der sich schon wieder am
Ausziehtisch nützlich machen wollte.

»Heinz, hast du 'nen Bandwurm?« fragte Micha er-
schrocken, als er seinen Onkel sah.

»Nee«, sagte Heinz und begann sich auszuziehen.
»Ich hab was geschmuggelt!«

Unter seinem Anzug, der ihm schlaff am Körper
hing, trug er noch einen zweiten Anzug, der wie an-
gegossen paßte. »Der ist für dich!« sagte Heinz feierlich zu Micha. »Damit du auf deiner Tanzschule
was hermachst! Und jetzt werde ich mich ordentlich
bei euch durchfressen, was!« Er lachte schallend.
»Zieh ihn an, ich will sehen, ob er paßt!« rief Heinz
mit vollem Mund. »Micha, kannst du dir vorstellen, … wie oft ich in den letzten Wochen daran gedacht habe, … daß ich mich wieder so richtig satt
fressen werde, … sowie ich erst deinen Anzug rü-
bergeschmuggelt habe!«

Micha nickte. Er brachte es nicht übers Herz,
Heinz zu sagen, daß es legal gewesen wäre, einen
Anzug rüberzubringen. Auch später, als Heinz längst
wieder seine hundertsechsundsechzig Pfund drauf
hatte und in den alten Anzug paßte, vergaß Micha
niemals, seinen Westonkel für den legendären An-
zugschmuggel zu rühmen.

So hatte Micha beim Abschlußball der Tanzschule nicht nur die schönste Partnerin, er hatte auch den schönsten Anzug. Der Anzug war ein so phantastisches Modell, daß nicht mal vom Aussichtsturm gespottet wurde, als Micha für den Abschlußball sein Haus verließ.

Miriam trug ein dunkelblaues samtenes Abendkleid, und auch Mario, Brille und der Dicke hatten sich so gut angezogen wie schon lange nicht mehr und wie auch lange Zeit danach nie wieder. Sie hatten sogar die Schuhe geputzt. So wirbelten noch einmal achtzig geputzte Schuhe über das Parkett, dazu die Schuhe von Frau Schlooth und der beiden Turniertanzschwuchteln. Aber Micha und Miriam waren *das* Paar. Micha war auch der beste Tänzer. Er führte Miriam in allen Tänzen großzügig über das Parkett und spürte, wie sie sich ihm mehr und mehr überließ – weil sie sich bei ihm sicher fühlte. Es war das erstemal, daß in ihm eine Ahnung aufstieg, was es *auch* heißt, ein Mann zu sein, und Micha traute sich zu, als *Mann* für eine Frau dazusein. Micha, der sonst nur scheu in die Gegend blickte, fühlte sich an diesem Abend von ihren Augen eingesogen – es war eine Entdeckung für ihn, was sich allein mit Blicken erleben läßt.

Miriam genoß es, Micha in die Augen zu sehen und ihn dazu zu bringen, daß er außer ihr nichts mehr wahrnahm. So hörte er auch nicht das Brummeln einer AWO, die draußen vor dem Ballsaal vorfuhr. Ausgerechnet beim Tango, dem Tanz, den Micha am besten konnte. Unter dem harten Rhythmus des berühmten *La Cumparsita* brummte ruhig und stetig ein AWO-Motor im Standgas. Und als der Tanz zu Ende war, verabschiedete sich Miriam von Micha. »Wenn's am schönsten ist, soll man aufhören«, sagte sie nur, und ließ ihn stehen. Alle sahen es, und keiner hätte in dem Moment mit Micha tauschen wollen. Bis eben war er noch der Prinz des Abends. Als Micha wieder Herr seiner Sinne war, lief er auf die Straße und rief ihr hinterher: »Nein, wenn's am schönsten ist, kann man auch weitermachen!« Aber da fuhr sie schon, den AWO-Fahrer fest umschlungen, davon. Wegen ihres langen Abendkleides saß sie im Damensitz. Daß Micha ihr etwas hinterherrief, hörte sie nicht mehr.

Als Micha zurück in den Tanzsaal kam, ein geschlagener Mann, standen alle herum und starrten ihn an. Ein Walzer wurde angespielt, und das Schrapnell fing bereits an, sich was auszurechnen. Doch Micha griff sich eine der beiden Turniertanzschwuchteln und tanzte mit ihm den Walzer. Nur eine Runde, dann ließ er die Turniertanzschwuchtel stehen und ging. Manche glaubten, er hätte geheult, andere sagten, er wäre rot gewesen und hätte gezittert. Aber der Walzer war tadellos. Micha führte übrigens, so gut konnte er mittlerweile tanzen.

Ein paar Tage später fand Micha im Briefkasten einen Brief, ohne Namen, ohne Absender, aber mit roten Herzchen zugeklebt. Micha riß sofort den Brief aus dem Umschlag und ging aus dem Haus, wo er mit dem ABV zusammenprallte. Der Brief fiel Micha aus der Hand, und weil es ein windiger Tag war, flatterte er davon. Micha wollte dem Brief hinterherrennen, aber der ABV packte Micha am Schlafittchen und bestand auf der Fahndungskontrolle. Der Brief wurde einfach weggeweht, bis in den Todesstreifen, wo er sich im Gestrüpp verfing. Das konnte Micha aber nicht sehen, er fand es erst später heraus, als er mit einem Spiegel, den er an einem Besenstiel befestigt hatte, in den Todesstreifen schaute. Diesen Brief gab er nicht einfach auf, er versuchte von nun an alles, um an ihn ranzukommen.

Es war der erste Liebesbrief, den Micha bekommen hatte, und der war im Todesstreifen gelandet. Micha hatte keine Ahnung, was drinsteht. Er wußte ja nicht mal, ob der Brief von Miriam war. Vielleicht hatte ihm nur das Schrapnell geschrieben. Oder die Turniertanzschwuchtel, mit der Micha Walzer getanzt hatte. Vielleicht war der Brief auch gar nicht an Micha, sondern an seine Schwester Sabine. Natürlich wünschte sich Micha um alles in der Welt, daß dieser Brief von Miriam war. Und in den nächsten Wochen und Monaten drehte sich bei Micha alles um diesen Brief. Er wollte unbedingt an ihn rankommen, und er wollte Miriam unter gar keinen Umständen fragen, denn er brachte es nicht fertig, zuzugeben, daß ihr Brief in den Todesstreifen geflogen war. Es war so lächerlich und eigentlich eine Beleidigung, glaubte Micha. Und wenn er nicht von Miriam ist und er sie nach einem Liebesbrief fragt, würde er sich auch lächerlich machen, weil er sich eingebildet hat, sie würde ihm einen Liebesbrief schreiben.

Non, je ne regrette rien

Zuerst versuchte Micha, nach dem Brief zu angeln. Er machte das gemeinsam mit Mario. Der hielt den Spiegel und dirigierte Michas Angel dorthin, wo er den Brief sah. Sie benutzten aber keinen Angelhaken, sondern einen Radiergummi, der in Kitifix getränkt war. Der verkleisterte Radiergummi sollte den Brief nur berühren. Dann wollten Mario und Micha ein paar Minuten warten, bis das Kitifix ausgehärtet ist und der Brief über die Mauer geholt werden kann.

Mario war kein bißchen eifersüchtig auf Michas Erfolg bei Miriam. Er hatte nämlich gerade selbst »was aufgetan«: Eine Frau, die er in der Leipziger Straße im Fahrstuhl kennenlernte. Sie sah aus, wie er sich immer eine Pariserin vorstellte: Mit roten Haaren, die unter einer Baskenmütze hervorwallen, Rollkragenpullover und einem Buch von Sartre unterm Arm. Sie war ein paar Jahre älter als Mario, so Anfang Zwanzig. Mario und Brille diskutierten wieder mal, welche unpolitischen Studienrichtungen es gibt – oder vielmehr, daß es *keine* unpolitischen Studienrichtungen gibt. Selbst Medizin nicht, weil sich Ärzte schließlich ganz besondere Mühe geben sollen, wenn ihnen ein Offizier der Nationalen Volksarmee unters Messer kommt. Als Mario und Brille im Sechsten ausstiegen und sich von der Sartre-Leserin mit »Tschüs!« verabschiedeten, wünschte die »Einen schönen Abend noch!«. Und das letzte, was Mario sah, war ihr vielversprechendes hintersinniges Lächeln hinter der sich schließenden Fahrstuhltür …

»Sie lächelte wie Mona Lisa!« sagte Mario zu Micha, als sie an der Mauer hockten. Micha hatte fast vergessen, daß sie darauf warteten, daß das Kitifix trocknet, so sehr interessierte es ihn, wie es mit Mario und der Mona Lisa aus der Leipziger Straße weiterging.

Mario hatte noch gesehen, daß sie die 13 gedrückt hatte, und raste die Außentreppe hoch. Und während er wie ein Besengter nach oben rannte, war er froh, daß er nur bis zur Dreizehnten mußte, denn Brille hatte ihm mal erzählt, die Hochhäuser in der Leipziger Straße seien nur gebaut worden, um den Blick auf das Springer-Hochhaus zu verbauen. Brille schien sich in solchen Dingen auszukennen. Das Springer-Hochhaus stand gleich hinter der Mauer im Westen, und wenn Mario Pech gehabt hätte, dann hätte er höher rennen müssen als das Springer-Haus hoch ist. Ehe Mario weitere Gedanken daran verschwenden konnte, hatte er den Dreizehnten erreicht und hechtete durch die Tür in den Etagenflur. Ganz hinten, schien ihm, war gerade eine Tür zugegangen … Und die ging wieder auf, und die Frau aus dem Fahrstuhl stand im Türrahmen und lächelte Mario an. Sie lächelte schon wieder wie Mona Lisa. Mario rappelte sich auf und kam völlig abgekämpft auf sie zu. Ihm war schwarz vor Augen, und er war völlig außer Atem.

»Und was hast du zu ihr gesagt?« fragte Micha, der sich die Situation gut vorstellen konnte.

»Ich hab zu ihr gesagt: Kennst du eine unpolitische Studienrichtung?«

Statt einer Antwort lächelte die Frau aus dem Fahrstuhl erneut, und Mario sagte daraufhin: »Du lächelst wie Mona Lisa.« Die Frau nahm das Kompliment gelassen hin. »Vielleicht, weil ich Malerin bin«, sagte sie und holte Mario in ihre Wohnung. Ihre Wohnung war mehr eine Höhle, mit großen Bildern an den Wänden und selbstgebauten Phantasie-Lampen.

Den ganzen Abend, die ganze Nacht redeten sie miteinander. Es hatte mit Marios improvisierter Frage nach der unpolitischen Studienrichtung begonnen und wurde zu einer ersten Lektion Existentialismus. Denn Marios Fahrstuhl-Bekanntschaft lächelte nur wie Mona Lisa – sie war aber Existentialistin durch und durch. Niemand muß etwas tun, was er nicht tun will. Die Existentialistin beschwor Mario. Jeder hat die Verantwortung für sich, und jeder ist auch an seinem Unglück schuld. Denn du hast immer die Freiheit, dich zu entscheiden, sagte sie, und du kannst niemandem die Schuld geben für das, was du tust. Für Mario war das alles was ganz, ganz anderes … Es war alles so neu und so GROSS. Hier ging es wirklich um Freiheit, um was Besonderes, um alles. Und wie jemand, dessen Fenster zum Todesstreifen ging, das Hohelied der Freiheit sang, es geradezu beschwor, das imponierte Mario nicht nur, es änderte sein Leben. Edith Piaf sang den ganzen Abend *Non, je ne regrette rien*, immer wieder, immer wieder. Wir sind zur Freiheit verurteilt, rief die Existentialistin, als sie die dritte Flasche Bärenblut entkorkte, deren Etiketten sie aber mit handgeschriebenen Chateau-Lafitte-Etiketten überklebt hatte. Mario fragte, ob sie auch dazu verurteilt sind, immer dieses Lied zu hören. Ja, erwiderte die Existentialistin, denn erstens schaltet der Plattenspieler nicht ab, und zweitens wird alles ewig weitergehen, wenn du nicht selbst aufstehst.

Sie stand auf und schaute aus dem Fenster, wo die Bogenlaternen den Todesstreifen beleuchteten. Die Existentialistin hatte schon über eine Flasche Wein getrunken. »Wir sind zur Freiheit verurteilt«, sagte sie. »Weißt du, was das für die Mauer bedeutet? Was Sartre zur Berliner Mauer sagen würde?«

Mario war noch nicht richtig vertraut mit dem Existentialismus, deshalb mußte er raten: »Daß ich irgendwann in den Westen fahren darf.«

»Nein«, sagte sie, »das genaue Gegenteil.«

»Daß ich *nie* in den Westen fahren darf?« fragte Mario.

»Daß es sie irgendwann nicht mehr geben wird«, sagte die Existentialistin, und das war für Mario so ungeheuerlich, das überstieg alles Vorstellbare. Er hätte niemals den Gedanken formulieren können, daß die Mauer plötzlich nicht mehr dasein könnte. Die Existentialistin schaltete Edith Piaf aus und legte *Je t'aime* auf – sie wußte, was sie wollte. Von nun an flüsterte sie nur noch. »Du machst dich nur frei, wenn du auch alle anderen frei machst«, sagte sie, und begann sich und Mario frei zu machen. »Verstehst du, was ich damit meine«, flüsterte sie. »Was Jean Paul damit meint?« Mario verstand es nicht, aber er begriff eine ganze Menge. Sie fingen um halb eins an und wurden gegen fünf Uhr fertig – eine echte Existentialistennummer, und als Mario am nächsten Morgen aufwachte, saß sie auf der Bettkante, nackt, nur ihre Baskenmütze auf dem Kopf und lachte Mario an: Na, habe ich dich jetzt entbübt?

Von denen, die am Platz rumhingen, war Mario der erste, der es mit einer Frau hatte, und Micha wollte alles genau wissen. Wie man es macht, mit allem Drum und Dran. Mario stand auf und machte es vor – er bewegte die Hüften wie in der letzten Nacht. Micha stand auch auf und versuchte es nachzumachen. »So?« fragte er. Und dann standen sie sich gegenüber und kopulierten vor sich hin, und Micha fragte: Und wie lange muß man das machen?

Nachdem Mario diese Geschichte erzählt hatte, war das Kitifix längst getrocknet. Da das, was Mario erzählte, erst in der Nacht zuvor passierte, war er so müde, daß er im Spiegel eine weiße Plastiktüte für den Brief hielt. Als Micha die Angel endlich einholte und nur eine Plastiktüte am Radiergummi klebte, johlten wieder ganze Westschulklassen vom Aussichtsturm: »Gratuliere, Zoni, der Hauptgewinn! Eine Plastiktüte von drüben!«

Mario und Micha wurden drei Wochen später zu Erdmute Löffeling zitiert. Sie hatten keine Ahnung, weshalb. Das war kein gutes Zeichen, zumal da einer saß, den sie nicht kannten. Erdmute Löffeling blätterte kopfschüttelnd in einer Illustrierten aus dem Westen, tat gelegentlich einen Seufzer oder stöhnte gar. Mario und Micha verstanden nicht, wieso sie ihrer Direktorin beim Blättern in einer West-Illustrierten zuschauen sollten. Der Fremde sammelte sich, holte schließlich Luft und sagte gequält »Es gehört zu den unangenehmen Aufgaben eines Sekretärs der SED-Kreisleitung, regelmäßig den Feind lesen zu müssen.« Er machte eine Pause, um Micha und Mario Zeit zu geben, die Bedeutung der eben gesagten Worte zu ermessen, und tatsächlich zeigte Mario Verständnis für den Parteifunktionär, indem er seufzend bemerkte: »Ja, dies sind nun mal die Härten eines ansonsten doch recht schönen Berufs.« Mario sagte das in einem so treuherzigen Ton, daß der Sekretär der SED-Kreisleitung nicht im entferntesten auf die Idee kam, Mario mache sich über ihn lustig. Aber als der Parteimensch Mario und Micha die Zeitung präsentierte, verschlug es ihnen die Sprache. Sie begriffen sofort, worum es ging. Micha bekam Angst. In dem Moment, als Micha von der Illustrierten aufschaute und in Erdmute Löffelings versteinertes Gesicht blickte, hatte er so große Angst vor ihr, daß sich seine Direktorin zu einem Ungeheuer verzerrte: Erdmute Löffelings Kopf war viel größer, als Micha je wahrgenommen hatte.

Es war noch nie passiert, daß er sich nicht aus der Affäre ziehen konnte. Seit der dritten Klasse ließ Micha sich nicht mehr austricksen. Damals erschien

Erdmute Löffeling plötzlich im Unterricht, schrieb VIETNAM an die Tafel, und Micha wurde von seiner Klassenlehrerin nach vorn gerufen. Er sollte an einem Globus zeigen, wo die Kinder leben, denen es besonders schlecht geht. Micha ahnte, daß eine Solispendenaktion bevorstand, aber er hatte keine Lust, schon wieder Altstoffe zu sammeln. Und so zeigte er auf die USA. Wie konnte Erdmute Löffeling da widersprechen? Sollte sie sagen: Nein, den Kindern in den USA geht es vorzüglich? »Ja, aber wo noch?« fragte sie. »BRD«, sagte Micha, und auch dagegen war Erdmute Löffeling machtlos. »Ja, und wo noch?« fragte sie. »Na, überall im Kapitalismus«, sagte Micha. – »Und was ist mit Vietnam?« fragte Erdmute Löffeling den neunjährigen Micha, und der antwortete: »In Vietnam geht es den Kindern viel besser, denn die Kinder in Vietnam freuen sich auf ihre Befreiung, für die ihr unbesiegbares Volk kämpft!«

Was Mario und Micha in der Illustrierten sahen, die ihnen der Parteimensch entgegenhielt, war ein Foto, wie sie mit weitaufgerissenen Augen und bettelnd vorgereckten Händen den Betrachter anschauen. Mario und Micha waren wunderbar getroffen, und das an sich schon ausdrucksstarke Foto war garniert mit einer Bildunterschrift: *Die Not im Osten – wie lange hält das Volk noch still?*

Der Parteimensch und Erdmute Löffeling ließen Micha und Mario schweigend unter einem langen strafenden Blick schmoren. Micha räusperte sich zaghaft und verkündete plötzlich selbstbewußt, ja geradezu auftrumpfend: »Da kann man mal sehen!«

Und nach einer Kunstpause redete Micha weiter, wobei er sich immer weiter steigerte. »Da kann man mal sehen, wie *die* lügen. Und daß die zu solchen Lügen greifen müssen, zeigt doch schon, wie die am Ende sind. Ich wünsche mir noch mehr solche Lügen! Denn je schmutziger die Lügen, desto in die Ecke getriebener ist der Gegner.«

Micha wußte, wie er sich in gewissen Situationen Luft verschafft. Der Parteimensch zeigte sich Michas Argumenten sogar sehr gewogen. Daß der Junge für schlechte Presse sorgte, war nicht erfreulich, aber seine Analyse – alle Achtung: *Je schmutziger die Lügen, desto in die Ecke getriebener ist der Gegner.* Erdmute Löffeling mißbilligte den Gebrauch des Komparativs, aber Micha war nicht zu bremsen: »Wenn die Lügen am schmutzigsten sind, ist der Gegner am in die Ecke getriebensten.« Der Parteimensch fing an, sich um Michas Zukunft Gedanken zu machen – auch Karl-Eduard von Schnitzler wird irgendwann in Rente gehen. Zunächst wurde Micha zu einem Diskussionsbeitrag mit einem wohlklingenden Titel verdonnert: *Die Lüge, der Feind und der Klassenkampf.* Darin müßte Micha vom persönlichen Erleben über Analyse zu einer verallgemeinernden Moral kommen.

Micha hatte also die ganze Geschichte wieder mal in seinem Stil umgebogen, der Parteimensch hatte die Illustrierte mit dem belastenden Foto zugeklappt und Micha sogar schon freundlich zugenickt, als Mario plötzlich den Mund aufmachte. Trotzig sagte er: »Der Hunger nach Freiheit ist größer als der Hunger nach Brot! Das hat Sartre gesagt! Oder Mahatma Gandhi? Oder der Hunger nach Menschenrechten?« Mario war vor Aufregung ganz durcheinander, aber er wußte, was er wollte: Sich zu allem bekennen, was verteufelt war – Sartre und Gandhi, Freiheit und Menschenrechte. Diese vier Worte waren so verteufelt, daß Mario sie eigentlich gar nicht kennen, geschweige denn im Munde führen durfte. Micha versuchte, das Schlimmste zu verhindern, indem er sagte, Mario meinte natürlich die *sogenannte* Freiheit und die *sogenannten* Menschenrechte. Vergeblich. Der Parteimensch wandte sich an Micha und sagte eiskalt: »Wenn dein sogenannter Freund jetzt nicht zur sogenannten Besinnung kommt, wird er einen sogenannten Rausschmiß erleben!« Mario schrie ihn an: »Ich komme aber nicht zur sogenannten Besinnung!«

Und nun kam noch ein Wort ins Spiel, das niemand kannte: Relegation. Selbst Brille hatte dieses Wort noch nie gehört. Aber alle verstanden auf Anhieb, was gemeint war. Niemand kam auf die Idee, dieses Wort zu benutzen. Es klang so unbarmherzig und kalt. Es klang wie etwas, wogegen man sich nicht zur Wehr setzen kann.

Brille brachte es nicht fertig, Mario zu sagen, daß er gerade auf eine Studienrichtung gestoßen war, die er für absolut unpolitisch hält. Erst nach Wochen wagte er, Mario zu fragen, ob am Stomatologie-Studium was Politisches zu entdecken sei. Mario überlegte nur zwei Sekunden, ehe er Brille recht gab: Stomatologie ist unpolitisch. »Aber hast du ernsthaft Lust, dich in den Fressen fremder Leute zu schaffen zu machen, bloß um deine Ruhe zu haben?«

Die Existentialistin tröstete Mario. Sie hörten wieder einen ganzen Abend lang *Non, je ne regrette rien.* »Weißt du, was sie da singt?« fragte die Existentialistin. »Sie singt: Nein, ich bereue nichts.« Manchmal sagte sie auch: Bedeutende Menschen werden immer von der Schule geschmissen. Mario fand, daß ihn so ein Rausschmiß noch nicht zu einem bedeutenden Menschen macht, und da widersprach ihm die Existentialistin auch nicht. »Aber es ist der Anfang von etwas.«

Darin hatte sie recht. Für Mario begann die schönste Zeit seines Lebens. Er konnte jeden Tag den Wecker erschlagen und weiterschlafen, er hatte eine Freundin, und er hatte keinen, der ihm Vorschriften machte. Das haben Existentialisten zwar nie, aber Mario hatte nicht mal jemanden, der *versuchte*, ihm Vorschriften zu machen. Mario und die Existentialistin wurden ein Traumpaar. Sie machten alles, was andere immer nur wollen. Bei schönem Wetter fuhren sie baden, und bei schlechtem Wetter machten sie Kissenschlachten. Sie fütterten sich manchmal zum Frühstück gegenseitig mit geschlossenen Augen. Sie gingen nie mehr allein ins Bett, nicht mal mehr allein unter die Dusche! Und manchmal sagten sie: So muß es im Paradies gewesen sein. Sie lasen viel und diskutierten über die Bibel und die anderen Weltreligionen (wobei der Buddhismus am besten abschnitt), über Sigmund Freud, Friedrich

Nietzsche, Leo Trotzki und Rudolf Steiner (wobei Jean Paul Sartre am besten abschnitt). Sie experimentierten mit dem Essen, indem sie neue Kochrezepte erfanden, ihr Brot selber backten und indem sie fasteten.

Die Existentialistin war verliebt in die Idee, sich in die märkische Einöde zurückzuziehen und abwechselnd zu philosophieren und zu lesen. Sie wollte sich wie Diogenes ins Faß legen, einen ganzen Sommer lang. Das Faß rollte sie nachts heimlich aus der Tiefstraße, über die die Berliner Markthalle beliefert wurde. Für den Auftakt ihres Faßliegens suchte sie sich die Pfingsttage aus, um dem Jugendfestival zu entfliehen, das in Berlin stattfand. Als sie am Ufer des Stechlin ins Faß kroch, hatte sie einen großen Bücherstapel bei sich, jede Menge Philosophen und Friedrich Schillers *Wilhelm Tell*. Aber schon nach vier Stunden hörte sie auf, im Faß zu liegen, weil es ihr zu unbequem war. »Wenn ich mir von Alexander dem Großen was wünschen dürfte, dann hätte ich nicht gesagt: Geh mir aus der Sonne, sondern: Gib mir 'n Sitzkissen für untern Arsch!«

So kehrten Mario und die Existentialistin zurück nach Berlin und erfuhren, was sie verpaßt hatten. Während des Jugendfestivals hatte sich nämlich ein Vorfall ereignet, über den noch lange in der Sonnenallee geredet wurde.

Avanti Popolo

Die Quartiergäste der Familie Kuppisch, die auf den Luftmatratzen schlafen mußten, die Frau Kuppisch von ihrem Stasi-Nachbarn geborgt hatte, waren zwei Sachsen, aus Pirna bei Dresden: »der Olaf« und »der Udo«. Sie stellten jedem Vornamen grundsätzlich einen Artikel voran. Bis Familie Kuppisch dahinterkam, glaubte sie, Udos Freundin hieße Diana, aber sie hieß Jana; Olaf und Udo nannten sie immer nur *die Jana*. Sie waren nicht gerade die Hellsten. Vielleicht hatte es damit zu tun, daß sie aus dem *Tal der Ahnungslosen* kamen, jener Gegend, in der sich kein Westfernsehen empfangen ließ. Als der Olaf und der Udo die Mauer nun direkt vor dem Fenster sahen, fragten sie, ob dort drüben Westberlin liegt, und Frau Kuppisch antwortete mit einem Seufzer »Ja, leider«. Der Olaf und der Udo staunten mit offenem Mund, schließlich bekannte einer der beiden: »Das könnten wir nicht, dieses Leben immer mit der Gefahr.« Der andere bemerkte, daß sich bei der »Grimminallidät drieben« doch schnell mal 'ne Kugel verirrt. Frau Kuppisch tat erneut einen Seufzer: »Ja, auch damit lernt der Mensch zu leben.« Sie hatte keine Lust, den beiden jetzt etwas auszureden. Doch wenn sie sich ein bißchen um sie gekümmert hätte, wäre es vielleicht nicht zu dem nächtlichen Grenzzwischenfall gekommen, bei dem der Olaf und der Udo den gesamten Autoverkehr nach Westberlin lahmlegten. Die Kuppischs wurden danach alle »zur Klärung eines Sachverhalts« ins Polizeipräsidium bestellt. »Mir brauchen sie nichts zu erzählen!« sagte Herr Kuppisch grimmig, als er seine Vorladung las. »Das ist die Stasi!« Frau Kuppisch war mit ihren Nerven völlig am Ende. »Ich hab sie ins Haus geholt, damit Mischa aufs Rote Kloster kann!« beteuerte sie. »Ich konnte doch nicht ahnen ...«

Nein, niemand konnte ahnen, daß der Olaf und der Udo die kommunistische Weltrevolution lostreten wollten. Sie nahmen sich vor, die Westberliner Autofahrer am Grenzübergang Sonnenallee zu agitieren, damit die vor lauter Sozialismusbegeisterung Revolution in Westberlin machen. Der Olaf und der Udo waren so sehr von ihrem Unternehmen überzeugt, daß sie sogar zwanzig Mark auf den Sieg des Weltkommunismus innerhalb der nächsten zehn Tage wetteten. Das Problem war nur, das alles zwischen eins Komma zwei und eins Komma sechs Promille ausgeheckt wurde. Olaf und Udo saßen mit ihrer Kreisdelegation in der »Parkaue«, becherten und diskutierten erst über Politik im allgemeinen und schließlich über die Chancen eines Sieges der kommunistischen Weltrevolution. »Wenn die Werktätigen wissen, wie es wirklich bei uns ist ..., ... werden sie sich gegen die Ausbeuterordnung erheben!« riefen der Olaf und der Udo. Als der eine schon lallte und der andere schielte, gingen sie allein zum Grenzübergang in die Sonnenallee, hielten schicke Mercedesse an, ließen die Fahrer aussteigen und machten etwas, das sie sich unter Agitation vorstellten: Sie priesen den Westlern die Segnungen des Sozialismus an.

»KOSTENLOSER SCHULBESUCH!«

»KOSTENLOSER ARZTBESUCH!«

»STABILE PREISE!«

Es kam ihnen selbst bizarr vor. Sie wollten schon aufgeben. Aber als Olafs Ruf »NIEDRIGE MIETEN!« von einem Mercedesfahrer renitent ergänzt wurde »In winzigen Wohnungen!«, haben die beiden durchgegriffen: Alle, die zurück in den Westen wollten, wurden erst mal zum Singen von Kampfliedern gezwungen. Der Olaf sang laut vor und dirigierte geduldig, während der Udo Papierfähnchen an die Mercedessterne klemmte. Gegen Mitternacht sang ein Chor aus zehn Westberlinern tapfer *Avanti Popolo* und wedelte dazu mit DDR-Fähnchen, aber als nach dem Kampflied der Olaf auf die Revolution zu sprechen kam, schnitt ihm einer der Westberliner das Wort ab: »Leute, ick bin ja sehr für die Revolußion. Aba seit ick da den Jemüseladen uff die Ecke jesehn hab, lahmt mein revolussionärer Eifer. Ja, ick weeß, ihr habt Suppenjrün det janze Jahr üba. Jroßartig!« Bald kreuzten zwei Sanitäter auf, die den Olaf und den Udo in Zwangsjacken steckten und wegfuhren.

Der Vorfall hatte, wie immer, ein Nachspiel. Familie Kuppisch wurde zur »Klärung eines Sachverhalts« ins Polizeipräsidium vorgeladen. Aber sie traf keine Schuld an dem Vorfall, obwohl Olaf und Udo ihre Quartiergäste waren. Frau Kuppisch konnte weiter hoffen, daß Micha aufs Rote Kloster darf. Aber der Parteimensch, der Mario aus der Schule schmeißen ließ, wollte »unseren Menschen in der Sonnenallee« zeigen, daß auf so einem Vorfall auch reagiert wird. Und so bekam der Gemüseladen auf der Ecke plötzlich ein hervorragendes Angebot. Dem Parteimenschen war aufgegangen, daß das erste und das letzte, was die Westberliner von der DDR sehen, ein Gemüseladen mit einem traurigen Angebot ist. *Suppenjrün det janze Jahr üba.* Det hatte jesessen.

Es sollte im Osten *einen* Gemüseladen geben wie im Westen, und er sollte obendrein billiger sein. Der Funktionär kümmerte sich selbst darum, und zwar mit einer Energie, daß er kaum dazu kam, den Feind zu lesen. Innerhalb weniger Wochen hatte der olle Gemüseladen ein hervorragendes Angebot. Allerdings passierte nun etwas, womit keiner gerechnet hatte. Es sprach sich nämlich schnell herum, daß es am kürzeren Ende der Sonnenallee einen hervorragenden Gemüseladen gab. Das ging wie von allein, denn es war fast eine Begrüßungsformel, auf den Satz »Ich war einkaufen« zu erwidern »Und, hat's was gegeben?«. Nach wenigen Tagen war der Gemüseladen in der Sonnenallee richtig berühmt, geradezu legendär. Es bildete sich eine Schlange, die immer, immer länger wurde. Das erste und das letzte, was die Westbesucher also von der DDR sahen, war eine sehr, sehr lange Schlange … Nein, so hatte sich das der Parteimensch nicht vorgestellt. Er ließ den Laden sofort schließen und überlegte nun, welche Artikel es ausschließlich in der DDR gibt. So was, fand er, muß im Gemüseladen verkauft werden. In seinen kühnsten Vorstellungen sah der Parteimensch viele, viele Westberliner vor dem neuen Laden Schlange stehen. Schließlich hatte er die entscheidende Idee, aber er hielt sie geheim.

Der Laden wurde umgebaut, die Schaufenster waren mit Tüchern verhängt, und keiner in der Sonnenallee wußte, was in den Laden kommen sollte. Natürlich gab es jede Menge Gerüchte. Ein Laden, in dem Dinge verkauft werden, die es im Westen nicht gibt – was soll das für ein Laden sein? Schließlich setzte sich das Gerücht durch, daß in diesem Laden nur Exportgüter verkauft werden würden: Gitarren, Weihnachtspyramiden, Wernesgrüner …

Zur Eröffnung war die Sonnenallee schwarz vor Menschen, die voller Hoffnung waren und sich jede Menge Geld eingesteckt hatten – als endlich die Verhüllungen von den Schaufenstern fielen, sahen sie rote Fahnen, DDR-Fahnen, Honeckerporträts, Mainelken, FDJ-Hemden, Pioniertrommeln und Embleme. Alles in allen Größen und Variationen. Daraufhin wurden noch am selben Tag auf dem Amt sieben Ausreiseanträge gestellt. »Dauernd ist Wasser abjestellt, und nüscht zu koofen jibt's, außer so rotet Jelumpe«, schimpfte einer der Antragsteller, der wie Herr Kuppisch Straßenbahnfahrer war.

Tatsächlich machte dieser Laden keinen schlechten Umsatz, besonders in den späteren Jahren, als der Zwangsumtausch so hoch war, daß die Westler ihr Ostgeld kaum ausgeben konnten. Da nutzten viele die letzte Gelegenheit, ihr Geld loszuwerden, indem sie sich Papierfähnchen und andere kuriose Dinge kauften. Die Gemüsefrau machte das ganz gut: »Für drei zwanzich kann ich Ihnen noch hundert Fähnchen geben. Nee, so ein FDJ-Hemd kost acht fuffzich, aber wenn was fehlt, legen Sie's in West drauf.« Das Westgeld behielt sie, die Kasse füllte sie aus ihrem Portemonnaie auf. Das läpperte sich täglich auf einen Zehner West, und übern Monat und im Jahr kam da einiges zusammen. Die Gemüsefrau wurde zur Grande Dame der Sonnenallee, duftete nach Paris, schminkte sich wie die Königin der Nacht und legte sich glänzende Seidenschals über ihre Schultern. Sie wußte, daß sie eine gute Partie ist, denn wer sie freite, konnte im Intershop Werkzeug von Black & Decker kaufen. Sie hatte noch immer die Figur eines Marktweibs, verkaufte Papierfähnchen und Honeckerbilder, aber sie stand im Laden, als bediene sie bei einem Juwelier der allerersten Adresse. Und was das Unerklärlichste war: Obwohl der Laden voll war mit Fahnen, Emblemen und Pioniertüchern, hieß er für die Leute am kürzeren Ende der Sonnenallee trotzdem Gemüseladen, und sie blieb die Gemüsefrau.

Heute sagt Herr Kuppisch manchmal: »Die Ostzeiten waren ein einziges Schützenfest, bei dem jeder Schuß nach hinten losging.« Um zu erklären,

was er damit meint, erzählt er immer vom Gemüseladen in der Sonnenallee. Es war einmal, daß sich
Familie Kuppisch zwei Quartiergäste aus Sachsen
ins Haus holte, um Michas Weg ins Rote Kloster ab-
zusichern.

Das Herz ein Stück größer

Als Familie Kuppisch »Zur Klärung eines Sachverhalts« auf das Polizeipräsidium bestellt wurde, war Micha der letzte, der wieder gehen gelassen wurde. Es war seine erste Verhaftung – obwohl er ja gar nicht verhaftet wurde. Als er vom S-Bahnhof Baumschulenweg in Richtung Sonnenallee ging, wünschte er sich sehr, Miriam zu begegnen, aber leider traf er sie dieses Mal nicht. Micha ging mit Miriam oft den Weg durch die Baumschulenstraße vom S-Bahnhof zur Sonnenallee runter. Er nahm sich immer wieder vor, langsam zu gehen, um mehr Zeit mit ihr zu verbringen, aber dann war er jedesmal so aufgeregt und beschwingt, daß es nichts wurde mit dem ruhigen Nebeneinanderhergehen. Und er wünschte sich, in Gegenwart Miriams wenigstens einmal eine Fahndungskontrolle über sich ergehen lassen zu müssen, als Beweis, daß er zur anderen Seite des Gesetzes tendiert. Aber der ABV ließ Micha ausgerechnet immer dann in Ruhe, wenn Miriam ihn begleitete. Zum Glück geschah es auch nie, daß plötzlich die AWO neben Miriam ranfuhr und sie ihm entführte. Wenn Miriam und Micha die Stelle erreichten, an der die Sonnenallee auf die Baumschulenstraße trifft, trennten sie sich; er ging zu der

91

Seite mit den geraden, sie zu der Seite mit den un-
geraden Hausnummern.

Micha bekam bei diesen zufälligen Begegnungen
nie heraus, ob der Liebesbrief, der noch immer im
Todesstreifen lag, von Miriam war. Er wußte nicht,
wie er das rauskriegen sollte, ohne sich lächerlich
zu machen. Natürlich hoffte Micha noch immer auf
den versprochenen Kuß. Er wartete wie ein Bauer
auf Regen. Als sie sich eines Abends auf dem Heim-
weg begegneten, glaubte Micha, daß es jetzt soweit
wäre. Es war der letzte Schultag, vor den großen Ferien, und jeder würde wegfahren, Micha an die Ostsee, Miriam in die Hohe Tatra. Darüber mußte Miriam lachen – im Vorjahr war sie an der Ostsee und
Micha in der Hohen Tatra. Es war eine schöne war-
me Sommernacht, die Luft war weich, und alles war
ruhig, und als sie an den Punkt anlangten, wo sich
ihre Wege trennen, schien Miriam wieder nicht daran zu denken, Micha zu küssen. »Du hast mir mal
was versprochen!« beschwerte sich Micha. »Ja«, sagte sie ruhig. »Aber ich habe gesagt: irgendwann.«
Micha mußte schwer schlucken. »Da kann ich ja
ewig warten!« rief er verzweifelt. »Na und?« erwiderte Miriam, sanft wie ein Lamm. »Dann hast du immer etwas, worauf du dich freuen kannst. Wenn du
weißt, daß ich dich irgendwann küssen werde, wirst
du nie traurig sein müssen.«

Dann ging sie nach Hause. Micha dachte den
ganzen Sommer über diesen Satz nach, und er fand,
daß er Miriam unterschätzt hatte. Wie alle, die glauben, sie wäre naiv, nur weil sie überwältigend schön

ist. *Wenn du weißt, daß ich dich irgendwann küssen werde, wirst du nie traurig sein müssen.* Wer so was sagt, der versteht was vom Warten, Sehnen und Hoffen – also dem, womit wir die meiste Zeit zubringen. Micha merkte, daß er, um bei Miriam eine Rolle zu spielen, reifer werden mußte. Er erinnerte sich, daß er sich nie so reif fühlte, so erwachsen und männlich wie beim Abschlußball. Micha fand plötzlich den Gedanken sehr kindisch, sein Ansehen zu steigern, indem er sich vom ABV den Ausweis kontrollieren läßt, oder auf dem versprochenen Kuß zu beharren. Oder vorzugeben, jemand zu sein, der er nicht ist. Micha ahnte, daß er für den Kuß, den Miriam ihm versprochen hatte, *erwachsen* werden mußte. Er wußte nicht, worauf es genau hinausläuft, aber er wußte, daß es nicht leicht ist und auch nicht von heute auf morgen passiert. Aber wie sagte Miriam: Er wird immer etwas haben, worauf er sich freuen kann. Und er freute sich darauf.

Der hinterletzte Russenstiefelputzer in der asiatischen Steppe

Eines Tages, als Heinz wieder in den Osten kam, führte ihn der Grenzer vertraulich an den weißen Strich, der die Grenze markierte. Dieser Strich war gerade erneuert worden, und der Grenzer eröffnete Heinz im Flüsterton, daß der neue Strich zehn Zentimeter weiter westlich verlief. Er hätte bereits ausgerechnet, daß der Strich nur alle zwei Jahre erneuert und immer bloß um zehn Zentimeter nach Westen verschoben werden muß, dann würde Osteuropa in siebzig Millionen Jahren bis zur Atlantikküste reichen, »und wenn wir *jedes* Jahr den Strich erneuern, schaffen wir's in der halben Zeit«. Heinz wußte gar nicht, was er antworten sollte, auch nicht, als ihn der Grenzer ermunterte: »Keine Angst, wir holen euch da raus.«

Wir hatten ja keine Reisepässe, wir mußten immer mit dem Personalausweis und einem Zettel, »Reiseanlage zum visafreien Reiseverkehr« geheißen, vor die Ostblock-Grenzer treten. Die meisten bekamen ihre Zettel, aber nicht alle. Die Existentialistin wurde mal erwischt, wie sie auf der Leipziger Buchmesse ein rororo-Buch mit Essays von Simone de Beauvoir klaute, was vermutlich der Grund war, daß

94

sie im nächsten Sommer nicht reisen durfte. Das war besonders blöd für Mario, denn der hatte sich extra die Haare geschnitten, nachdem er gehört hatte, daß die Langhaarigen nicht mal in den Ostblock gelassen werden. Nun bekam er zwar seine Papiere, aber sie nicht, und außerdem war Mario frisurmäßig schon wieder im Keller.

Sabine hatte mal einen Aktuellen, der Bergsteiger war. Er hieß Lutz. Lutz hatte so seine Methoden, Ländergrenzen zu überschreiten, ohne siebzig Millionen Jahre oder auch nur die Hälfte davon abzuwarten. Als Lutz und Sabine den Rucksack für einen Sibirien-Trip packten, kam Familie Kuppisch samt Onkel Heinz in den Genuß eines Vortrages von Lutz über seine Art, ohne Reisepaß weit zu reisen. Herr Kuppisch glaubte nicht mal, daß die beiden in die Sowjetunion und schon gar nicht nach Sibirien kommen – dahin könnte man nur über organisierten Tourismus, als *Grupa*, also in einer Reisegruppe. Schon das Wort *Individualtourismus* ist für die Russen ein Unding. »Da kannste Eingaben schreiben, wie du willst!«

Lutz rollte verschwörerisch die Augen und sagte nur ein Wort, aber er sprach es wie eine Zauberformel: »Transitvisum.« Nach einer Kunstpause erklärte er: »Und biste drin, dann bleibste drin.«

Heinz schwenkte stolz seinen Paß: »Damit kann ich mich als freier Mensch in der freien Welt frei bewegen.«

Lutz schnaubte verächtlich – er fand Reisepässe

spießig. Sabine meinte stolz, Lutz sei sogar schon in der Mongolei gewesen – und in China! Frau Kuppisch, sonst immer die Vorsicht in Person, fand das sehr interessant und ließ sich alles genau erklären. Lutz war hocherfreut, endlich mal sein System ausführlich darlegen zu dürfen: Auf seine Reisen nahm er immer alle Ausweise mit, die ihm bisher ausgestellt worden waren, denn er rechnete damit, daß die Grenzer bei so vielen Ausweisen glauben werden, daß alles schon seine Ordnung hat. Außer dem Personalausweis brauchte er den SV-Ausweis (in den er sein Paßbild einklebte, dann wirkte er wie ein Reisepaß), den Wehrpaß, wo er mit Uniform fotografiert ist, was ihn so staatstragend macht – und sogar den Pionierausweis. Wenn er den Personalausweis, den SV-Ausweis und sogar den Wehrpaß gezeigt hatte und trotzdem nicht durchgelassen wurde, dann holte er seinen Pionierausweis hervor, mit einer großartigen, weitausholenden Geste: Ach, *das* ist es, was ihr sehen wollt – wie gut, daß ich es dabeihabe!

»Und damit bist du bis in die Mongolei gekommen?« fragte Frau Kuppisch.

»Nein«, sagte Lutz, »für die Mongolei braucht man eine Einladung.« Die Einladung könne man sich selbst schreiben, sagte Lutz, aber um der selbstverfaßten Einladung ein offizielles Aussehen zu verpassen, hatte er sich mit einem Bleistift und einer untergelegten mongolischen Münze das mongolische Staatswappen als Dienstsiegel auf die Einladung schraffiert. Gefordert war nämlich eine »amtlich beglaubigte Einladung«, und wo ein Amt ist,

ist auch ein Siegel, dachte Lutz. Die Münze, eine
5-Tukrig-Münze, hatte er aus dem Neptunbrunnen
gefischt, wo die Touristen aus aller Welt ihr Klein-
geld hineinwerfen. Lutz ist zwei Monate lang Woche
für Woche zum Neptunbrunnen gefahren und hat,
knöcheltief im Wasser stehend, seltene Münzen ge-
sucht – bis endlich mal ein Mongole fünf Tukrig in
den Neptunbrunnen warf. Mit seiner selbstverfaßten Einladung ging Lutz aufs Amt. Dort kannte sich
niemand mit mongolischen Dienstsiegeln aus, und
so bekam Lutz die Papiere. Im Jahr darauf wollte
auch sein Freund in die Mongolei, und dank einer
Urlaubsbekanntschaft von Lutz ließ sich sogar eine
echte Einladung mit einem echten Dienstsiegel von
einer echten mongolischen Dienststelle besorgen.

»Das ist ja prima«, sagte Sabine. »Dann zapfen wir
den Mongolen jetzt immer an, wenn einer von uns
in die Mongolei will!«

»Nee«, sagte Lutz. »Das klappt nicht.«

Als nämlich der Freund von Lutz seine Papiere
vom Amt holen wollte, bekam er die Unterlagen
nicht, weil das Dienstsiegel nicht stimmte. »Für eine
Einladung brauchen Sie das andere Siegel«, sagten
sie und zeigten ihm daraufhin das richtige Dienstsiegel. Dem Freund von Lutz klappte der Unterkiefer herunter: Es war die Lutz-Einladung aus dem
Vorjahr.

»Und ich habe keine 5-Tukrig-Münze mehr«, sagte Lutz. »Also können wir uns Mongolei abschmin-
ken.«

Außerdem wollte Frau Kuppisch wissen, wie Lutz

nach China gekommen ist. »China war ganz schwer«, begann Lutz. Einen halben Tag lang die sowjetisch-chinesische Grenzstation beobachten. Dabei ist ihm ein Soldat aufgefallen, der wahrscheinlich der Hinterletzte dort war, denn der mußte für alle anderen die Stiefel putzen, fünfzig Paar russische Soldatenstiefel, die vor die Grenzbaracke gestellt wurden. Ansonsten war nichts los, dort in der asiatischen Steppe, alle zwei Stunden passierte mal ein Auto. Lutz wartete, bis der Hinterletzte mit der Paßkontrolle betraut wurde. Natürlich waren seine Papiere unvollständig, und der Hinterletzte ließ Lutz nach langem unentschlossenen Herumblättern nicht passieren. Nun machte Lutz aber so ein Theater, daß sich die Vorgesetzten des Hinterletzten mit dem Fall befaßten – und natürlich anders entschieden, denn ein Hinterletzter hat prinzipiell unrecht. Als Lutz die Grenzstation in Richtung China verließ, war der Hinterletzte schon zum Latrineschrubben abkommandiert.

Frau Kuppisch wollte noch wissen, wie Lutz es anstellen würde, wenn er den Grenzübergang direkt vor der Haustür übertreten wollte. »Keine Chance«, sagte Lutz. »Ab-so-lut keine.« Diese Mauer konnte einen traurig und verzweifelt machen. Besonders, wenn sogar einer abwinkte, der es bis in die Mongolei und nach China geschafft hatte.

Frau Kuppisch glaubte dennoch an eine Chance – an ihre Chance. Denn Frau Kuppisch war es, die den Paß von Helene Rumpel gefunden hatte, und seitdem arbeitete sie an sich. Sie wollte so aussehen wie die Paßinhaberin Helene Rumpel. Und als Helene Rumpel wollte sie durch die Sperre kommen. Helene Rumpel war zwanzig Jahre älter als Frau Kuppisch – dieses Problem hatte Frau Kuppisch am Schminktischchen gelöst. Frau Kuppisch hatte Kleider und Schuhe aus dem Westen, und in ihrer Handtasche waren eine angebrochene Packung Kukident und ein unbenutzter Westberliner Fahrschein. Auch die Unterschrift von Helene Rumpel konnte sie wie ihre eigene. Eines Abends ging sie los, um im Schummerlicht als Helene Rumpel durch die Kontrolle zu kommen. Ängstlich, wie sie war, beobachtete sie zuerst aus sicherer Entfernung den Grenzübergang. Sie sah ein Pärchen, das zurück nach Westberlin wollte, und als Frau Kuppisch sah, wie locker und selbstbewußt die auftreten, wie laut die reden, wie gespielt die lachen und wie raumgreifend sie agieren – als sie all das sah, wußte sie, daß ihr zu einem Westler mehr fehlt als nur der Paß, die Schuhe, die Kleider und das Kukident. Und sie wußte, daß sie niemals so werden wird wie die. Und daß sie tatsächlich keine Chance hat, über die Grenze vor ihrer Haustür zu kommen.

Frau Kuppisch ging wieder nach Hause. Was blieb ihr anderes übrig? Sie schämte sich allerdings nicht für ihre Ängstlichkeit, die sie davon abhielt, die letzten dreißig Meter zu gehen. Sie hatte ohnehin geahnt, daß sie nicht zur abgebrühten Hälfte der Menschheit gehört. Aber nachdem sie keinen Grund mehr hatte, sich älter zu machen, wurde sie wieder wie früher. Zu Hause setzte sie sich sofort an den Schminktisch. Herr Kuppisch wollte seinen Augen gar nicht trauen, als er heimkam. Frau Kuppisch wirkte sogar noch jünger als je zuvor – zumindest sagte das jeder, der sie in den ersten Wochen nach ihrer Verjüngung sah. Niemand konnte sich das erklären. Micha vermutete einen heimlichen Geliebten, Sabine einen neuen Friseur, und Heinz sah ein Indiz für Lungenkrebs, denn bekanntlich werden Krebskranke optimistisch, wenn's aufs Ende zugeht.

Je t'aime

Die Existentialistin, die das Land nicht verlassen durfte, weil sie auf der Leipziger Buchmesse beim Klauen von Simone de Beauvoir erwischt wurde, fuhr mit Mario an die Ostsee. Dort zeigte ihnen ein Asthmatiker aus Sandersdorf ein Medikament, das sich für Drogenexperimente eignete. Mario und die Existentialistin nannten es »Asthmakraut Halle«. Das Zeug gab es in der Apotheke. Es mußte mit Cola verrührt und in einem Zug ausgetrunken werden. Der Sandersdorfer Asthmatiker erzählte auch von einem Chemiewerk in Sandersdorf, das den Morgennebel gelb färbe. Mario und die Existentialistin waren hellauf begeistert: Wenn eine Droge macht, daß man gelben Morgennebel sieht, dann ist es genau die Droge, die sie nehmen wollen.

Als Mario und die Existentialistin wieder in der Leipziger Straße waren, wagten sie auch einen Versuch mit Asthmakraut Halle. Die Wirkung übertraf alle Erwartungen. »Ich bin im Schlaumland!« rief Mario betört. Die Existentialistin lächelte versonnen und summte Kinderlieder, die sie *Linderlieder* nannte. Es dauerte genau zwei Stunden. Dann begann die Leidenszeit. Der Mund trocknete vollkommen aus. Sie mußten trinken, aber der Kühlschrank war leer. Und ausgerechnet jetzt war wieder das Wasser abgestellt. Sie hätten es auch merken können, als sich bei der Toilettenspülung der Wasserkasten nicht mehr füllte. Der Durst wurde immer entsetzlicher. Obendrein wurden sie blind – zwar nur für ein paar Stunden, aber sie konnten auch nicht einkaufen gehen. Das einzige Wasser, das sie in ihrer Wohnung fanden, war ein kleiner Schluck im Trabs. »Ich find's eklig, aber es schmeckt köstlich«, sagte die Existentialistin.

Die beiden waren noch immer blind, als Micha klingelte. Es ging wieder um den Liebesbrief; das Ding ließ ihm keine Ruhe. Er wollte mit einer kleinen Blech-Buddelschippe unter der Mauer hindurchgraben – gerade groß genug, um mit dem Arm hindurchzulangen. Die beiden sollten ihm helfen, sie sollten Schmiere stehen. »Wir sind blind! Wie sollen wir da Schmiere stehen?« meinte Mario, und als Micha die Augen der beiden sah, erschrak er: Er sah nur noch Pupille; die Augen hatten keine Iris mehr.

»Die Droge hat euch zu Monstern gemacht!« rief Micha.

Natürlich wollte die Existentialistin wissen, um was für einen Brief es geht, und als ihr Micha die ganze Geschichte von Miriam erzählte, fühlte er sich wie der Ratlose, der sich der klugen blinden Frau anvertraut. Die Existentialistin hatte die Idee, eine Fete zu veranstalten, wenn bei Mario sturmfreie Bude war. Und Micha soll einfach nur darauf warten, daß *Je t'aime* gespielt wird, um Miriam dann tief in die Augen zu blicken. »Der Rest ist so einfach, daß wir gar nicht darüber reden müssen.«

Micha regte sich über die Idee furchtbar auf. »Sie ist doch was ganz Besonderes, das man nicht einfach so rumkriegt, und schon gar nicht auf Knopfdruck und so wie alle! Sie hat … so etwas Rätselhaftes! Wenn ich ein Buch lese, denke ich an sie, wenn ich einen Song höre, denke ich an sie …«

»Micha, *Je t'aime* hilft immer!« sagte Mario (der aus Erfahrung sprach), und die Existentialistin richtete ihre blinden Augen ins Nichts und sagte strahlend: »Doch, das seh ich ganz deutlich.«

Wenn Mario und Micha geahnt hätten, in welches Fiasko die Idee der Existentialistin führen würde, dann hätten sie nie und nimmer eine Fete angesetzt. Hinterher wußte keiner, wen es am Ende schlimmer getroffen hatte; die einen meinten, für Mario war es schlimmer, was auf der Fete geschah, die anderen meinten, daß die Fete vor allem für Micha zur Katastrophe wurde. Aber vorher ahnte natürlich niemand, daß diese Fete im völligen Debakel endet, und so kam es tatsächlich zu einer großen Fete, vielleicht sogar der größten, die es je am kürzeren Ende der Sonnenallee gegeben hat. Es waren ja außer Micha, Mario und der Existentialistin nicht nur Brille, der Dicke und Wuschel gekommen, sondern auch Sabine, die wieder ihren Aktuellen ausgewechselt hatte. Diesmal war er ein Theologiestudent, was damals hoch im Kurs stand. Auch die beiden Turniertanzschwuchteln aus der Tanzschule waren gekommen, und Wuschel hatte den tätowierten Stones-Fan Franki, den Pechvogel Bergmann, den Plattendealer Kante und sogar den

103

Strausberger Hippie aufgespürt. Die Existentialistin hatte sämtliche Szene-Avantgardisten eingeladen. Auch das Schrapnell kam und sogar der Sandersdorfer Asthmatiker. Und alle hatten ihre Freunde mitgebracht. Damit hatte Mario nicht gerechnet. Je mehr Gäste kamen, desto mehr bangte er um die historischen Instrumente aus vier Jahrhunderten. In der ganzen Wohnung hingen, standen und lagen die alten Instrumente, die Marios Vater seit seiner Konfirmation sammelte. Der Strausberger Hippie hatte schließlich eine Mandoline aus dem 17. Jahrhundert von der Wand genommen und sich, nachdem er befunden hatte »Mann, das Ding muß dringend mal auf Blues gestimmt werden«, drangemacht, das alte Instrument umzustimmen.

Mario hatte das nicht bemerkt, denn er stand in der Küche und diskutierte mit seiner existentialistischen Freundin und den beiden Turniertanzschwuchteln darüber, ob es möglich ist, innerhalb der DDR eine autonome Gegenrepublik zu gründen. »Jeder darf zweitausend Quadratmeter Land kaufen!« sagte der eine der beiden. Die Existentialistin meinte, wenn sich nun heimlich ganz viele Leute fänden, um erst Land zu kaufen und sich danach zu abtrünnigen Gebieten zusammenzuschließen … Sie war von dieser Idee begeistert, Mario glaubte nicht daran, weshalb es Ärger gab: »Der Existentialismus ist eine Komm-aus'm-Arsch-Philosophie und keine Das-geht-vielleicht-nicht-deshalb-laß-ich's-lieber-Philosophie!«

Auch Sabine mußte sich etwas erklären lassen –

als sie von Johannes, ihrem Theologen, ein Glas Wein gereicht bekam und ein freundliches »Amen!« vernehmen ließ, belehrte er sie über etwas, was er ihr schon lange sagen wollte – daß *Amen* nicht *Danke* bedeutet, und *Halleluja* nicht *Guten Tag*. In unmittelbarer Nähe wurde schon Skat gekloppt, im wahrsten Sinne des Wortes: Kante, Franki und der Dicke hatten in Ermangelung eines Tisches eine alte Pauke zwischen sich gestellt, um ihre Karten darauf auszuspielen. Man konnte hören, wie fett die Stiche waren, nur Mario hörte es nicht, denn der hatte für die Landkauf-Idee schon Feuer gefangen. »Es müssen alle wissen, aber trotzdem muß es geheim bleiben!« rief er vor lauter Begeisterung, und niemand fragte ihn, wie er das hinkriegen will.

Der Dicke blueste sich einen ab, indem er seine Beobachtungen in Verse faßte und zu *Little Red Rooster* sang, wobei ihn der Strausberger Hippie mit den Akkorden E, A und G auf der Mandoline aus dem 17. Jahrhundert begleitete:

»Vom Balkon fliegen leere Pullen
das wird sich aber rächen
die Nachbarn rufen die Bullen
und dann muß einer blechen ...«

Die Nachbarn riefen zwar nicht die Bullen, aber es reimte sich auf Pullen, und daß die vom Balkon flogen, stimmte.

Micha pendelte die ganze Zeit aufgeregt zwischen den Zimmern hin und her und machte jeden nervös. Miriam war nicht gekommen. Wird sie noch kommen? Oder doch nicht? Jeder wußte, was Micha durchmacht, und schenkte ihm ein: »Trink was, das hilft!« oder »Trink was, das beruhigt!« oder »Trink was, dann geht's dir besser!« oder »Trink was, dann wirste locker!«. Auf die Art wurde Micha von allen am schnellsten besoffen, übrigens das erste Mal. Seine Aufregung legte sich langsam, obwohl Miriam nicht erschien.

Später veranstaltete einer der Freunde der Existentialistin ein Happening auf dem Balkon: Er packte eine Buttercremetorte aus, öffnete dann seine Hose und pißte auf die Buttercremetorte. Wuschel kam extrem angewidert in die Küche und unterbrach die Landkauf-Diskussion, aber die Existentialistin beruhigte ihn: »Mensch, das ist Kunstszene, *Underground*, das ist immer gewöhnungsbedürftig. Letztes Jahr hat er mir alles nachgequatscht, was ich gesagt habe, Wort für Wort. Eh, da kommste echt ins Grübeln, da fängste mal an zu überlegen, was du sagst. Und das ist eben Kunst!« Und sofort gab es eine Diskussion zum Thema Kunst. Franki legte seinen Unterarm mit einer Nixen-Tätowierung frei: »Dit is Kunst, da hab ick drei Jahre acht Monate dran jesessen!« verkündete er mit heiserer Stimme, und gleichzeitig drang vom Balkon ein Aufschrei des Ekels. Der Theologe kam bleich in die Küche. Der *Kunde*, wie er den Underground-Künstler nannte, habe die vollgepinkelte Torte mit einemmal vertilgt. Sogar die Existentialistin schüttelte sich angewidert und bezeichnete nun den Künstler als »alte Drecksau«, worauf ausgerechnet Wuschel ihn verteidigte: »Nein, das ist Kunst! Es wühlt auf, wenn einer etwas macht, was keiner tun würde! Das ist wie Elektrizität! Das ist elektrische Kunst!«

Das Gerede, der Blues, das Klirren der Flaschen und die Paukenschläge der Skatspieler gaben der Fete einen lebendigen Sound, und als Miriam endlich kam, wurde sie kaum bemerkt. Sie setzte sich neben das Schrapnell aufs Sofa, wobei in der Dunkelheit die bulgarische Hirtenflöte um 1910, die sich der Strausberger Hippie griffbereit gelegt hatte, leider Schaden nahm. »Wenn jetzt auch noch die vierte Saite reißt, Mann, ist es vorbei mit der Musik«, sagte der Strausberger Hippie und blickte sehnsüchtig nach der Schalmei, die auch schon vergeben war: Die hatte sich Kante als Aschenbecher zwischen die Knie geklemmt. Das Schrapnell war schon eine ganze Weile mit Brille am Rumknutschen. Sie hatte ihm die Brille abgenommen und sagte: »Ohne deine Brille finde ich dich richtig schön«, worauf Brille sagte: »Ohne meine Brille finde ich dich auch schön.« Miriam amüsierte sich und sah den beiden ungeniert zu. Als plötzlich Micha vor ihr stand, war ihr, als stünde da das Grauen.

Micha war vor Miriam zunächst panisch in die Küche geflohen, wobei er mit dem Hemd an der Türklinke hängenblieb und sich den Ärmel zerriß. In der Küche trennte er den Ärmel an der Schulter ab und bekleckerte sich mit rote Bete, und zwar vorn auf seiner Hose. Da ihn Frau Kuppisch jahrelang mit Mahnungen traktiert hatte, daß rote-Bete-Flecken nicht rausgehn, machte sich Micha daran, den Fleck mit einem Lappen und viel Wasser auszuwaschen. Der feuchte Fleck vorn auf seiner Hose war danach zwar nicht mehr rot, dafür aber sehr groß. Und ausgerechnet in dem Moment begann im Wohnzimmer *Je t'aime*.

Mario war das erste Mal seit einer Stunde ins Wohnzimmer zurückgekehrt, und als er all das Chaos mit den historischen Instrumenten aus vier Jahrhunderten erblickte, verlangte er eine Erklärung von Wuschel, der in der Bluesband gerade ein Bandoneon aus dem 19. Jahrhundert spielen wollte. Wuschel entschuldigte sich – sie haben nur angefangen zu spielen, weil die Batterien vom Recorder runter wären. »Hier!« sagte Wuschel und drückte auf die Wiedergabe-Taste des Recorders. Und so begann *Je t'aime*. Die Batterien waren tatsächlich runter, und der Recorder leierte entsetzlich. Jede Musik, die leiert, klingt entsetzlich, aber ein verleiertes *Je t'aime* klingt wegen der schlingernden, absaufenden Orgel mindestens doppelt so entsetzlich wie jede andere verleierte Musik. Aber Mario wollte das jetzt hören, als Trost, denn *Je t'aime* war der Titel, zu dem die Existentialistin sich und ihn ausgezogen hat.

Micha, der noch in der Küche war, konnte das nicht wissen. Für ihn war *Je t'aime* ja das Signal. Er war so blau, daß er keine Bedenken mehr hatte, ob etwas so außergewöhnlich Besonderes wie Miriam mit Hilfe von *Je t'aime* rumgekriegt werden darf. Er wankte ins Wohnzimmer und postierte sich wankend vor Miriam. Die bemerkte kaum sein zerrissenes Hemd, weil sie so sehr von dem großen nassen Fleck vorn auf seiner Hose gebannt war. Die Musik leierte, und Micha war blau. Es war ein Alptraum, als Micha vor ihr niederkniete und lallte: »Miriam, ich weiß, jetzt ist zwar nicht der beste Moment, weil ich hier so 'n Pickel habe, aber versprochen ist versprochen …« Und dann versuchte Micha tatsächlich, Miriam zu küssen. Sie machte sich los, stand auf und rannte weg. Micha hatte viel zuviel getrunken, um ihr zu folgen. Er legte sich in einer Ecke schlafen. Als Kissen benutzte er einen Dudelsack aus dem frühen 18. Jahrhundert, den er aufblies, nachdem er alle Öffnungen verknotet hatte. So fand ihn Marios Vater, der am Morgen zurückkam, ehe die Fete richtig zu Ende war. Der Strausberger Hippie hatte noch immer die Mandoline unter den Arm geklemmt und spielte Blues. Marios Vater begriff allein bei diesem Anblick, daß er über Nacht zum Sammler *zerbrochener* historischer Instrumente aus vier Jahrhunderten geworden war. Danach ging alles sehr schnell. Der Strausberger Hippie mußte mitten in der Strophe abbrechen. Micha wurde geweckt. Mario flog bei seinen Eltern raus.

Unterwandern: So, so oder so

Mario und die Existentialistin fanden Gefallen an dem Gedanken, eine Untergrundbewegung zu mobilisieren, die heimlich Land kauft, welches sich dann zu einem autonomen Territorium zusammenschließt und von der DDR absprengt. Sie brachten tage- und nächtelang mit dem Entwurf einer Verfassung für die abtrünnigen Gebiete zu. Über Nichtpaktgebundenheit, Abschaffung der Wehrpflicht und Pressefreiheit bestand Einigkeit, über die Staatsform nicht: Sie war für eine Räterepublik, er für eine parlamentarische Demokratie. An den Wochenenden fuhren sie oft mit Marios Moped übers Land, das ihnen unendlich groß vorkam. Das lag aber nur daran, daß ihr Moped so langsam war. Einmal sagte die Existentialistin: »Du, wir müssen mal versuchen, theoretisch zu errechnen, wieviel Mitglieder zur Geheimbewegung gehören müßten, wenn wir die ganze DDR kaufen wollen.« Die DDR hat, »wenn man die ganzen Schießplätze mal abzieht«, wie sich die Existentialistin ausdrückte, als sie von den unverkäuflichen militärischen Sperrbezirken sprach, ungefähr hunderttausend Quadratkilometer. Sie wollte Mario rechnen lassen, aber der war zu faul.

»Ich bin doch nicht von der Schule geflogen, um hinterher noch zu rechnen«, meinte er.

»Und ich bin Malerin, da muß ich auch nicht rechnen«, meinte sie, aber weil Mario trotzdem keine Anstalten machte, versuchte sie es dann doch. Es war ein wunderschöner Sommertag, und sie lagen faul auf der Wiese.

»Sag mal, tausend Meter sind doch ein Kilometer«, sagte sie und kitzelte Marios Nase mit einem prachtvollen Löwenzahn.

»Dann sind zweitausend Meter dasselbe wie zwei Kilometer?« Mario gab nur ein bestätigendes Brummen von sich. Und so rechnete die Existentialistin aus, daß, wenn jeder zweitausend Quadratmeter kaufen dürfte, dies zwei Quadratkilometer ausmacht und demzufolge ganze fünfzigtausend Landkäufer die gesamte DDR – abzüglich der Schießplätze – kaufen könnten. Das fand sie sensationell. »Mario, wir werden denen das Land unterm Arsch wegkaufen, am besten vorm nächsten Parteitag, da sind die so mit ihrem Rummel beschäftigt, daß die das erst merken, wenn's zu spät ist!«

Das Geld für den Landkauf war nicht das Problem. Land war nicht teuer. Der Quadratmeter kostete nur ein paar Mark. Die Existentialistin würde ein paar Bilder mehr malen und verkaufen und wenn es sein muß, auch Modeschmuck basteln. Mario wollte Mokassins herstellen und verkaufen, für fünfundzwanzig Mark das Paar. Auf keinen Fall wollte die Existentialistin offizielle Staatsaufträge entgegennehmen. Zwar käme es gut, wenn der Staat

111

seinen eigenen Untergang finanziert, »aber trotzdem mal ick denen doch nich ihre Bilder!«.

Wenn sie behauptete, die oben wären vorm Parteitag mit ihrem Parteitagsrummel beschäftigt und würden nichts mitkriegen, stimmte das zwar, aber es war nicht so, daß nur vor Parteitagen Rummel war. Wir taumelten durch die Kampagnen, und ständig war was. Gerade haben wir aufgeatmet, weil der Parteitag vorbei war – da nahte ein Jubiläum und parallel dazu die nächste Kampagne. Nachdem das Jubiläum überstanden war, fanden die Zeitungen, daß mal wieder gewählt werden könne, um die erfolgreiche Politik zu bestätigen. Also wieder eine Kampagne. Und kaum waren die Wahlen vorbei, fand die Partei, daß angesichts dieses großen Vertrauensbeweises mal wieder ein Parteitag einberufen werden muß.

Michas Vater war der Meinung, daß zumindest vor Wahlen Eingaben positiv beantwortet werden. Denn nach seiner Theorie bekümmert jeder Nichtwähler die Obrigkeit, und die hingebellte Drohung »Dann geh ich eben nicht wählen!« wirkt Wunder. Jeder halbwegs normale Mensch mußte annehmen, daß die Wahlergebnisse geschönt werden, aber vielleicht wünschte jemand schöne Ergebnisse, ohne sie zu schönen? Als die Jastimmen nicht mehr zu steigern waren – denn kein Mensch interessierte sich für den Unterschied zwischen 99,28 und 99,55 Prozent –, wurden neue Steigerungen der Loyalität erfunden, zum Beispiel *geschlossen zur Wahl gehen* oder *vor 12 Uhr zur Wahl gehen* oder *im Blauhemd zur Wahl gehen.*

Dennoch gab es Blamagen bei den Wahlen, und für die größte, die totale landesweite und internationale Blamage hat Michas Bruder Bernd gesorgt, und das ausgerechnet, als er bei der Armee war. Er hatte einen besonders eifrigen Kompaniechef, der obendrein so eitel war, daß er sich für den Funkverkehr den Decknamen *Everest* gegeben hat. Bernds Armeekumpel Thomas funkte Everest abwechselnd als »Müggelberg« und als »Pik Stalin« an, so daß sich schließlich »Pik Müggelberg« als Spitzname durchsetzte. Pik Müggelberg, der gekränkt war, nur nach einem kleinen Rodelberg im Berliner Flachland benannt zu sein, schloß wiederum Thomas auf seine Art ins Herz: Er ließ ihm keine freie Minute; Thomas mußte putzen, bis er von Wischeimern und Bohnerkeulen träumte.

Am Wahlsonntag war Pik Müggelberg OvD, das heißt, er war Chef der Kaserne, und beim Morgenappell verlas der Regimentskommandeur den »Befehl des Tages«: »Jede Stimme den Kandidaten der Nationalen Front!« Pik Müggelberg machte Männchen und antwortete: »Zu Befehl, Genosse Oberstleutnant — *jede* Stimme!« Und weil Pik Müggelberg ein besonders Eifriger war, ließ er nach dem Morgenappell alle Kompanien in einer langen Linie antreten. Dann schritt er die Linie ab und gab jedem einen Stimmzettel. Sein Adjutant folgte ihm mit der Wahlurne. Jeder Soldat sollte den Stimmzettel einmal falten und in die Wahlurne stecken. Das Einstecken dauerte eine Idee länger als das Austeilen, so daß Pik Müggelberg bald einen kleinen Vorsprung hatte.

Als Pik Müggelberg vor Bernd stand, war der Adjutant gerade bei Thomas angekommen – und der wollte seinen Zettel nicht in die Wahlurne stecken. Thomas rang sich die Wörter »Wahlgesetz« und »Wahlkabine« ab. Pik Müggelberg, der Bernd gerade den Stimmzettel ausgehändigt hatte, ging zurück zu Thomas und brüllte: »Wollnse'fehl verweigern oderwas, 'fehldestagesnichehört,wat! Still'standen! – Zettel falten! – Einwerfen! – Na also, warum nicht gleich so … Wo war ich?«

Bernd meldete sich, Pik Müggelberg ging zu ihm zurück und gab ihm einen *zweiten* Stimmzettel, den Bernd heimlich auf den ersten legte, mit ihm faltete und beide einsteckte, ohne daß es der Adjutant merkte. Pik Müggelberg konnte melden, daß die Soldaten seiner Kaserne geschlossen, vor neun Uhr und in Paradeuniform ihre Stimme abgegeben hatten. Das war unübertroffen. Doch bei der öffentlichen Stimmauszählung, an der alle Soldaten teilnehmen mußten, stellte sich heraus, daß 578 Stimmberechtigte 579mal mit Ja gestimmt hatten. Pik Müggelberg glaubte, daß sich sein Adjutant einfach verzählt hätte, und ließ die Auszählung wiederholen – das Ergebnis war dasselbe. Nun wurde noch mal gezählt, wobei die Zettel auf Zehnerhäufchen gelegt wurden – es blieb bei 579 Jastimmen. Pik Müggelberg zählte die in der Wahlliste nach: 578 Wahlberechtigte. Langsam wurde ihm heiß. Pik Müggelberg wollte eigentlich der erste Leiter eines Wahllokals sein, der sein Ergebnis weitermeldet – spätestens um 18 Uhr 03 wollte er sein hundertprozentiges Ergebnis weitermelden. Aber so einfach war es nicht. Immer wieder und immer verzweifelter zählte Pik Müggelberg die Zettel. Schließlich ließ er sogar einen Rekruten, der nach dem Wehrdienst ein Mathematikstudium beginnen würde, die Auszählung durchführen. Stundenlang konnte das amtliche Endergebnis nicht verkündet werden, weil von den insgesamt zweiundzwanzigtausend Wahllokalen das Ergebnis eines einzigen Wahllokals fehlte. Und in diesem einen Wahllokal gab es eine einzige Stimme zu viel. Kurz vor Mitternacht kam ein Parteimensch in die Kaserne und tobte: 578 Wahlberechtigte können nur 578 Jastimmen abgegeben haben, die 579ste Stimme ist irrelevant. Ja, sagte Pik Müggelberg, daran haben wir auch gedacht, aber dann haben 578 Wahlberechtigte 578 Jastimmen und eine ungültige Stimme abgegeben. Der Parteimensch tobte noch mehr, und um Pik Müggelberg zu erklären, was eine irrelevante Stimme ist, griff er sich einen Wahlzettel, der sich von allen anderen unterschied, nämlich den von Thomas, den der, als Gipfel der Renitenz, zweimal und nicht bloß einmal gefaltet hatte. »Irrelevant heißt: Spielt keine Rolle!«

Pik Müggelberg mußte nach oben melden, daß bei ihm 578 Wahlberechtigte 578 Stimmzettel mit 578 Jastimmen abgegeben haben. Im zentralen Wahlbüro war man erleichtert. Endlich konnte das amtliche Endergebnis mitgeteilt werden. Am nächsten Tag gab es Gerüchte, das späte Endergebnis sei ein Indiz für Wahlfälschungen. Andere Gerüchte meinten, die Telefonverbindungen seien mittlerwei-

le so schlecht, daß nicht mal die wichtigen Wahlergebnisse nach Berlin telefoniert werden konnten.
Und die Westpresse mutmaßte, etwas über eine
parteiinterne Opposition, die mit der Verschleppung
der Auszählung die Wahlorganisatoren wie einen
Bären am Nasenring vorführte. Und Pik Müggelberg
hatte an allem schuld. Er wurde zu einem Diskussionsbeitrag verdonnert, den er auf dem nächsten
Parteitag halten sollte. Der war eineinhalb Jahre später, kurz bevor Bernd, Thomas und die anderen aus
der Armee entlassen würden. Bernd sagte: »Ich hab
nie gedacht, daß ich mich so auf einen Parteitag
freuen kann!«

Das war einer der letzten normalen Sätze, die er
sprach, danach wurde er immer unverständlicher –
obwohl er ganz zweifellos deutsch sprach. Kurz bevor Bernd aus der Armee entlassen wurde, fragte
ihn Frau Kuppisch beim Essen: »Na, Bernd, nun erzähl doch mal, wie es ist bei der Armee. Wir können uns das doch gar nicht so richtig vorstellen.«

Bernd kaute, schmatzte und schluckte seine Bis-
sen hinunter, während er redete. Die ganze Familie
hörte ihm gebannt zu, aber sie erkannten ihn nicht
wieder. Niemand verstand ein Wort. Erst dachten
sie, es liegt daran, daß Bernd mit vollem Mund
spricht, aber je länger er redete, desto klarer wurde,
daß er sich bei der Armee eine völlig eigene Sprache angeeignet hatte. »Effi sein kein Seil«, begann er.
»Die Nüsse! Wer putscht, kriegt Hütte weiß. Der E
schaukelt sich die Eier, und wenn so 'n Buffi kommt,
so 'n Tagesack, der 'n ganzen Container mit sich

116

rumschleppt und sich feiern läßt, so beim Moschen Schnuffi am Mann, dem zeigt der E sein Maß und läßt'n wegtreten. Als Effi mußte dich drehn, und wenn der Guffti sich uffschießt und 'n Spruch macht wegen Hände im Bunker, dann zieh 'n Finger, oder du bist voll bebrillt mit drei Tage Blick in Küchenspind. Na ja, der Resi sagt nur: Sechsmal Kuchen, und ihr könnt mich suchen. Schnee weg, E weg. Die Säcke stinken dermaßen ab. Auf meine letzten Tage VKU beantragt, aber so 'n Raupenschlepper im Stab gibt mir nur 'n KU. Weißt du, wie lange so 'n Batzen noch Abfahrten geben kann?«

Die Kuppischs waren wie erstarrt, als sie ihm zuhörten. »Was hat die Armee aus dir gemacht, Bernd?« fragte Frau Kuppisch, den Tränen nahe. Bernd winkte ab und sprach nur noch einen Satz: »Vor uns kamen Tausende, und nach uns kommen Millionen.«

Von wegen. Mario und die Existentialistin glaubten nicht daran, daß es ewig weitergehen würde. Sie arbeiteten mit Hochdruck an ihrem Plan, »denen das Land unterm Arsch wegzukaufen«. In der Wohnung der Existentialistin hing eine große Karte, vor der die beiden oft überlegten, wie sich das Vorhaben am besten umsetzen ließe. Es gab drei Taktiken: Vorrücken, Einschnüren oder Perforieren. Vorrücken bedeutete, die Landkäufe müssen wie eine Frontbewegung stattfinden. Ob im Osten, Westen, Süden oder Norden begonnen wird, ist egal. Es wäre schwierig zu organisieren, aber äußerst erfolgreich, denn jeder wüßte recht schnell, ob er in einem befreiten Gebiet lebt. Die Einschnürungstaktik lief darauf hinaus, an mehreren Stellen Land zu kaufen und die alten Territorien einzukreisen. Das war noch schwerer zu organisieren als das Vorrücken, aber es war unauffälliger. »Mensch, wenn wir im Süden anfangen und den 51. Breitengrad erreichen«, sagte die Existentialistin, als sie mit Mario vor der Karte stand, »die merken das und verkaufen nördlich davon kein Land mehr – was machen wir dann?«

»Dann ist Deutschland geviertelt: Es gibt den Osten, den Westen, Westberlin und uns«, sagte Mario.

»Deshalb bin ich fürs Einschnüren.«

»Nee«, erwiderte Mario. »Da müssen wir soviel koordinieren! Wir müssen unsere Leute anrufen und Bescheid sagen, wann und wo sie was kaufen sollen – das kriegen wir nie hin, wenn keiner ein Telefon hat.«

Die Alternative war das Perforieren: Das Land wird ohne System gekauft. Irgendwann würde das gesamte Territorium den Leuten der Untergrundbewegung gehören.

Wenn ihr Plan auffliegen würde, hätten sie einen Prozeß wegen Hochverrats am Hals. Sie wußten bis dahin gar nicht, daß es einen Hochverratsparagraphen gibt. »Hochverrat?« rief die Existentialistin. »Kann man das nicht anders sagen? Ich komm mir vor wie damals Dreyfus!«

Beide wußten, daß es vorbei wäre, wenn ein Spitzel von den Plänen erfährt. Mario sagte immer wieder: »Wir müssen es allen sagen, aber es muß streng

118

geheim bleiben.« Wenn Mario das sagte, mußte Micha immer an das Motto von Sabines Kulissenschieber denken, der als Faustregel für Kulturprogramme aller Art postuliert hatte: »Je besser du die Kritik versteckst, desto kritischer kannst du sein.« Damals übte der Kulissenschieber gerade eine Jongliernummer ein, und während sich Micha mit ihm unterhielt, wirbelte der Kulissenschieber drei Bälle durch die Luft.

»Aber das heißt doch: Je mehr Kritik du vorzubringen hast, desto weniger zeigst du sie!« sagte Micha.

»Na und?« erwiderte der Kulissenschieber, ohne den Blick von den Bällen zu lösen.

»Was denn, willst du, wenn du alles kritisierst, nichts davon zeigen?«

»Genau! Wenn ich alles kritisiere, darf ich nichts davon zeigen«, antwortete der Kulissenschieber.

»Das ist doch absurd! Dann wird sich doch nie was ändern!« rief Micha.

»Völlig richtig.«

»Nein«, erwiderte Micha. »Wenn man eine fundamentale Kritik hat, dann muß man sie auch laut sagen!«

»Dann wirst du verhaftet, und alle halten dich für bekloppt, weil du Fundamentalkritik laut gesagt hast. Deine Fundamentalkritik ist damit nur noch das Hirngespinst eines Bekloppten – weswegen sich weiterhin nichts ändern wird.«

Micha brauchte einen Augenblick, um dieser Logik zu folgen. Der Kulissenschieber konnte schon

119

lange, bevor er mit Bällen jonglierte, mit Gedanken jonglieren. Weil Micha verblüfft schwieg, setzte der Kulissenschieber zu einer neuen Erklärung an – und das, ohne einen Ball fallen zu lassen. »Rate mal, warum sich hier nichts ändert! Wenn du *sagst*, was los ist, wirst du verhaftet, und alle halten dich für bescheuert, weil du nicht mal weißt, was man nicht sagen darf. Wenn du nicht verhaftet werden willst, mußt du verschweigen, was los ist. Aber wenn du *verschweigst*, was los ist, ändert sich auch nichts, denn alle halten die Welt für in Ordnung. Und deshalb kann sich hier auch nie etwas ändern.« Als Micha ging, um den Denkfehler zu finden – Micha war sich sicher, daß es da irgendwo einen Denkfehler geben mußte –, blieb der Kulissenschieber zurück, unermüdlich jonglierend.

Wie Deutschland nicht geviertelt wurde

Dann kam es doch zu Marios Verhaftung. Keiner wußte, was genau passiert war, denn Mario war von einer Reise nicht zurückgekommen. Er und die Existentialistin waren an einem Samstag morgen aufgebrochen, um wieder einmal Gebiete zu besichtigen, wo Land gekauft werden sollte. Mario fuhr nach Südwesten, die Existentialistin nach Nordosten. Wenn sie getrennt fuhren, konnten sie in derselben Zeit doppelt so viel aufzukaufende Gebiete besichtigen. Auch die Existentialistin wurde verhaftet, aber erst, nachdem sie wieder in Berlin war. Sie solle »lieber gleich sagen«, wo Mario hingefahren ist und was er vorhatte. »Wir wissen sowieso alles, und hinterher ist Ihnen leichter.« Sie tat völlig ahnungslos. Obwohl sie nicht verbergen konnte, daß sie fix und fertig war, hatte sie noch so gute Nerven, die eifersüchtige Frau vorzuspielen, die sich zusammenreimt, daß Mario eine heimliche Freundin hat. Alle vermuteten, daß Mario bei einem Fluchtversuch erwischt worden ist – außer die Existentialistin, die sich sicher war, daß Mario ihr davon erzählt hätte. Die beiden hatten absolutes Vetrauen zueinander.

Nach vier Tagen wurde Mario freigelassen, und er erzählte, was geschehen war.

In der Nacht vor seiner Verhaftung war er spät ins Bett gegangen. Am nächsten Tag mußte er früh aufstehen, um seinen Zug nicht zu verpassen; die Strecke war mit dem Moped nicht zu schaffen. Im Zug schlief Mario ein. Er wachte erst auf, als der Zug an der Endstation hielt. Und das war im Grenzgebiet. So weit wollte Mario gar nicht fahren, aber jetzt war er im Grenzgebiet. Er studierte als erstes den Fahrplan, um herauszufinden, wann ein Zug zurückfährt. Zwei Trapos, die auf dem Bahnhof patrouillierten, hatten Mario sofort im Visier. Sie hatten auf vielen Schulungen, Lehrgängen, Weiterbildungen, Schichtbesprechungen und im Dienstunterricht gelernt, woran sich Republikflüchtlinge erkennen lassen: Wenn zum Beispiel ein junger Mann im Grenzgebiet allein aus einem Zug steigt und als erstes so tut, als lese er den Fahrplan, dann ist der ein Flüchtling wie aus dem Lehrbuch. Sogar mit Turnschuhen – also Schuhen, in denen sich gut rennen, wegrennen läßt.

Die beiden Trapos wollten Marios Personalausweis sehen. Er gab ihnen den Personalausweis. Dann wollten sie seine Rückfahrkarte sehen. Die hatte Mario noch nicht. Oho, dachten sie, da fährt also einer ins Grenzgebiet ohne Rückfahrkarte – der macht es uns aber leicht!

Mario sagte, daß er ja gar nicht so weit fahren wollte – eigentlich wollte er schon eine Station früher aussteigen. Aha, sagten die Trapos, und was ist der Zweck seiner Reise? Das konnte Mario natürlich nicht sagen, denn sonst wäre der ganze Landkauf-

Plan aufgeflogen und er hätte seinen Hochverrats-
prozeß gekriegt. »Schon gedient?« fragte ihn einer der
Trapos, und Mario schüttelte den Kopf. Er schlotterte
vor Angst. Er wußte, wie die Trapos die Indizien zu-
sammenfügen: Daß er sich durch Flucht in den Westen vor dem Wehrdienst drücken will. Die Trapos
gaben Marios Namen mit dem Walkie-talkie durch.

»Wenn du schon mal wegen irgendwas an der
Grenze erwischt wurdest, dann sag's lieber gleich!«

Mario gab zu, daß er wegen Hunger-Posen vor
westlichen Bustouristen von der Schule geflogen ist.
Der eine Trapo konnte das kaum glauben: Hunger-
Posen vor westlichen Touristen? Und deshalb von
der Schule geflogen? Der eine Trapo war davon
überzeugt, daß man einem solchen Trottel jetzt am
besten den Ausweis zurückgibt, ihn zum Fahrkar-
tenschalter bringt und in den nächsten Zug setzt.
Der andere Trapo blieb zwar mißtrauisch, stimmte
aber zu. Mario atmete auf. Sein Hemd war von der
Angst der letzten Minuten völlig durchgeschwitzt.
Doch als der Trapo den Personalausweis an Mario
zurückgab, entdeckte der etwas, das Mario in die
Hülle auf der Rückseite seines Personalausweises
geschoben hatte: einen Teilnehmerausweis für einen Niederländischkurs an der Volkshochschule.

Zu den vielen kleinen Absonderlichkeiten am kürzeren Ende der Sonnenallee gehörte nämlich auch
das exzessive Interesse ihrer Bewohner an Sprach-
kursen, vor allem von Sprachen, die in Ländern ge-
sprochen werden, in die sie sowieso nicht fahren
konnten. Es war vielleicht eine Art, Fernweh auszu-

drücken. Oder eine Art Trotz: Wenn wir schon nicht dorthin fahren können, lernen wir eben die Sprache. Wer auf sich hielt, verkündete, er lasse seinen Kindern eine zweisprachige Erziehung angedeihen. Englischkurse an der Volkshochschule waren immer ausgebucht, ebenso Französisch-, Spanisch-, Portugiesisch-, Schwedisch-, Italienisch-, Arabisch-, Sanskrit- und Hebräischkurse. Als die Grenze nach Polen dichtgemacht wurde, fingen die Leute an, Polnisch zu lernen, und als der »Sputnik« verboten wurde, wurde Russisch plötzlich populär. Die Existentialistin lernte Französisch, Miriam meldete sich mal für Spanisch an. Ihr jüngerer Bruder wollte eine Indianersprache lernen. Aber sogar dieser Kurs war ausgebucht.

Es ging nicht nur darum, die Sprachen zu lernen, sondern auch, Kontakte mit allen zu kriegen, die dort wohnten, wo wir nicht hinfahren durften. Die begehrtesten Fernschachpartner des Dicken waren Kanadier oder Brasilianer. Für Miriam war es immer eine erregende Vorstellung, sich mit Westlern zu küssen. Und Günter, der Mann der Gemüsefrau, dessen Hobby Modelleisenbahnen waren, schrieb immer Briefe an Modelleisenbahnliebhaber in Westeuropa. Die schickten ihm Modelleisenbahnmagazine zurück. Bis Günter eines Tages verhaftet wurde, wegen Agententätigkeit. Allein schon der Verdacht war völlig absurd. Günter konnte sich nicht mal gegen die Gemüsefrau durchsetzen – wie wollte der sich mit dem Staat anlegen? Trotzdem hat's ihn getroffen, so wie es immer eine arme Sau trifft. Als

Günter nach einem Jahr und acht Monaten zurückkam, benötigte er zum Atmen eine Apparatur, die
er auf einem Wägelchen hinter sich herziehen mußte.

Frau Kuppisch sah im Gemüseladen, der kein
Gemüseladen mehr war, eines Tages einen Mann,
der sich nach drei Stufen eine Sauerstoffmaske aufs
Gesicht drückte, um Luft zu kriegen. Aber erst als
die Gemüsefrau, die auch keine Gemüsefrau mehr
war, zur Ladentür kam, um ihm zu helfen, hat Frau
Kuppisch ihn erkannt. Alle, die Günter gesehen haben, gaben ihm kein halbes Jahr mehr, aber Günter
lebt immer noch und zieht immer noch das Wägelchen mit seinem Sauerstoff hinter sich her.

Die Trapos, die Marios Teilnehmerausweis für den
Niederländisch-Kurs in der Hülle seines Personalausweises fanden, meldeten das sofort ins Walkie-
talkie: »Die aufgegriffene Person nimmt an einem
Sprachkurs für Niederländisch teil. – Niederländisch. – Steht hier. – Ja, Niederländisch.«

Wenn bei einer Ausweiskontrolle auf einem Bahnhof im Grenzgebiet eine solche Meldung weiterge-
geben wird, ist klar, was als nächstes passiert. Das
Walkie-talkie reagierte; ein einziges Wort genügte:
»Festnehmen!«

Als Mario auf sein Verhör wartete, stieß er auf einen fundamentalen Fehler in den Landkauf-Be-
rechnungen: Weil zweitausend Quadratmeter nicht
zwei Quadratkilometer sind, sondern nur zwei Tau-
sendstel Quadratkilometer, müßte man statt fünfzigtausend Landkäufern tausendmal so viel mobili-

sieren, also fünfzig Millionen. In der DDR lebten aber nur siebzehn Millionen, und wenn man die Kinder und Genossen abzieht, blieben nur noch zehn Millionen übrig. Mario hatte keine Idee, woher die fehlenden vierzig Millionen kommen sollten. Aber, so beruhigte er sich, wie soll ich nun wegen Hochverrats verurteilt werden können? Ebenso könnte jemand, der mit einer ungeladenen Waffe verhaftet wurde, wegen versuchten Mordes verurteilt werden, oder?

Der Vernehmer blendete Mario mit der Schreibtischlampe und sagte, daß sich Mario das Glas Wasser erst noch verdienen muß. »Sie können ruhig alles zugeben, wir wissen doch läääängst schon alles! Wir wollen es bloß noch mal von Ihnen wissen.«

Mario beteuerte, daß er einfach nur im Zug eingeschlafen war. Sein Vernehmer lachte ihn aus, brüllte ihn an, glaubte ihm kein Wort. Mario blieb bei seiner Version. Es wäre ihm peinlich gewesen, die Wahrheit zu erzählen und seinen lächerlichen Rechenfehler einzugestehen. Da konnte sein Vernehmer höhnen und herumbrüllen, wie er wollte. Und als Mario mitten in der Vernehmung tatsächlich einschlief, wurde seine Version sogar glaubwürdig.

Mario wurde freigelassen. Er ist nie wieder losgefahren, um Land zu besichtigen. Doch die Existentialistin wußte zu erzählen, daß sein Sexualverhalten fortan so war, als wolle er mit ihr erst mal die vierzig Millionen fehlenden Landkäufer zeugen.

Auch Micha wurde mal im Grenzgebiet verhaftet.

Das war an dem Abend, als Familie Kuppisch endlich Telefon bekam. Sie saßen stolz um den Apparat herum und fühlten sich wie bei der Bescherung. Und plötzlich klingelte das Ding! Herr Kuppisch wagte es, den Hörer abzunehmen. Er mußte ihn aber an Micha weitergeben, für den der Anruf war. »'n Mädchen«, klärte Herr Kuppisch die neugierige Familie auf.

Es war Miriam. Micha wurde ganz verlegen, und seine Leute nahmen überhaupt keine Rücksicht.

»Kannst du sie verstehen?« fragte Frau Kuppisch. »Und frag mal, ob sie dich versteht!« rief Herr Kuppisch.

Weil alle zuhörten, sagte Micha nur »Mmh«, »Jo«, »Klar« und »Tschüs«, was Miriam natürlich überhaupt nicht verstand. Sie hatte sich ein bißchen mehr davon versprochen, wenn sie Micha mal anruft. Als sie sich das letztemal auf der Straße trafen, erzählte ihm Miriam, daß sie den AWO-Fahrer nicht mehr sehen wird, weil der für drei Jahre zur Armee gegangen ist. Ob Micha ihr Zeuge sein würde, wenn es um den Nachweis geht, daß ihr Versprechen kein Versprechen war, weil sie die Finger kreuzte, als sie sagte, sie wird ihrem Freund auch treu bleiben, wenn er drei Jahre geht. Micha rannte, nachdem er aufgelegt hatte, sofort aus der Wohnung, ohne Jacke und alles. Von der nächsten Telefonzelle aus rief er sofort Miriam an.

»Es tut mir leid«, sagte er keuchend, »aber alle haben zugehört …«

Miriam beruhigte ihn. »Macht nichts, ich dachte,

daß du mal rumkommst«, sagte sie, aber Micha entschuldigte sich weiter, »... verstehst du, da konnte ich doch nichts sagen ...«

»Klar«, sagte Miriam, »aber willst du mal rumkommen?«

Micha kapierte immer noch nicht. »Wir haben nämlich erst heute Telefon gekriegt, und du warst die erste, die anrief, da waren alle ...«

»Und willst du jetzt rumkommen?« fragte Miriam zum drittenmal.

Micha glaubte, er höre nicht richtig. »Wie bitte?« fragte er.

»Ich wollt nur wissen, ob du mal rumkommen willst«, sagte Miriam mit Engelsgeduld.

»Bis gleich!« rief Micha, hängte den Hörer ein und rannte aus der Telefonzelle, dem ABV direkt in die Arme. »Ausweis!« Micha erschrak, weil er bemerkte, daß er den Ausweis in seiner Jacke gelassen hatte, und die Jacke hing in seiner Wohnung. »Ich hol ihn!« rief Micha und wollte entwischen, aber der ABV hielt ihn fest. Micha versuchte sich loszumachen, er kämpfte und schlug um sich, aber der ABV war einfach kräftiger. Micha holte sich eine blutige Nase.

Der ABV wußte, daß es bei Micha in dieser Nacht um alles ging, aber er hatte ja mit ihm noch ein Ding zu laufen, denn er war noch immer nicht befördert worden. Natürlich ging es nicht darum, wer Micha ist, wo er wohnt und wann er geboren wurde, das wußte der ABV mittlerweile besser als Michas Mutter. Micha wurde mit der Begründung »Wer ohne Personaldokument im Grenzgebiet aufgegriffen wird, dem seine Personalien müssen andernorts festgestellt werden« aufs Revier gebracht. Im Laufe der Nacht nahm der ABV dann ein Protokoll auf, in das er schrieb, daß eine männliche Person, die nicht in Besitz eines gültigen Personaldokuments war, gegen 22 Uhr rennend im Grenzgebiet aufgegriffen wurde und sich der polizeilichen Identitätsüberprüfung durch Flucht entziehen wollte. Der ABV wollte Micha damit nur beweisen, daß er auch bösartig werden kann, aber Micha interessierte sich nicht für derartige Feinheiten. Jetzt war ihm alles egal, er kam nicht zu Miriam, obwohl sie ihn viermal dazu aufgefordert hat.

Der ABV ließ Micha erst am nächsten Morgen wieder laufen, und die beiden waren quitt: Jeder hat dem anderen mal gründlich die Tour vermasselt.

Für Micha war dieser Tag der erste Tag im Roten Kloster. Es war zugleich sein letzter. Er kam mit Verspätung, und unglücklicherweise gab die Direktorin den neuen Schülern gerade in diesem Moment eine Kostprobe ihrer Durchsetzungsfreudigkeit. Die neuen Schüler standen im Halbkreis gedrängt um die Direktorin, die mit finsterer Miene einen Aushang betrachtete, der über den Schachklub des Roten Klosters informierte. Der Aushang hatte die Form des Schachkönigs. Die Direktorin ließ den Schüler herbeirufen, der den Aushang gestaltet hatte, und fragte ihn streng: »Was haben Sie sich eigentlich dabei gedacht?«

Der Schüler wußte gar nicht, was er sich vorzu-

werfen hatte, und stammelte: »Ich … Schachklub …
informieren …«

»Ja, ja, ja«, unterbrach ihn die Direktorin des Roten Klosters, und alle neuen Schüler wurden Zeugen dieser Szene. »Selbstverständlich haben wir
nichts dagegen, daß an dieser Schule Schach gespielt wird, auch wenn die Erfinder des Spiels meinten, daß ein Bauer nicht genauso viel oder vielleicht
sogar wertvoller ist als ein König.« Sie machte eine
Kunstpause, damit jeder Schüler Zeit hatte, mal darüber nachzudenken – schließlich arbeitet der Bauer, während der König nur schmarotzt. Dann ver-
finsterte sich ihre Miene, und sie stach mit ihrem
Zeigefinger genau auf die Spitze der Königsfigur,
wo ein Kreuz prangte, und rief mit schriller Stimme.
»Aber schädlicher christlicher Symbolismus wird an
dieser Schule nicht geduldet!« Und genau in dem
Moment, als sie verbissen auf das Kreuz der Kö-
nigskrone zeigte, kam Micha dazu. Er war außer
Atem und ganz verschwitzt.

»Und was ist mit Ihnen?«

Micha war so außer Atem, daß er nur mit Mühe
antworten konnte. »Ich bin … verhaftet worden …
im Grenzgebiet … Ich wollte ja noch abhauen …
und hab mich gewehrt …«

»*RAUS!*« schrie ihn die Direktorin an.

Micha hatte schon genug gesehen. Er ging wieder nach Hause. Seine Mutter brach in Tränen aus.
Sie hatte alles versucht, um Micha aufs Rote Kloster
und in die Sowjetunion zum Studium zu bringen.
Frau Kuppisch hatte dafür gesorgt, daß zu allen Jah-

restagen die Fahne draußen hängt, sie hatte Quartiergäste aufgenommen, ist Mitglied im Elternaktiv geworden, hat das ND abonniert und die Plastiktüten von Heinz nur mit der Schrift nach innen benutzt. Und sie hat ihren Sohn sogar Mischa genannt. Und nun war, schon am ersten Tag, alles vorbei. Frau Kuppisch konnte nicht mehr. Sie weinte, einen Tag und eine Nacht. Am nächsten Morgen sagte Herr Kuppisch: »Ich schreib 'ne Eingabe.« Und dann machte er etwas, was er noch nie gemacht hatte: Er setzte sich tatsächlich hin und schrieb eine Eingabe.

Nach zwei Wochen bekam Herr Kuppisch die Antwort. Er nahm Micha und Frau Kuppisch an die Hand und ging mit grimmiger Entschlossenheit ins Rote Kloster. Was Micha als erstes auffiel: Der Schachaushang hatte jetzt die Form eines Bauern.

Herr Kuppisch drängelte ins Direktorenzimmer, wobei er sich um die energischen Abblockversuche der Sekretärin nicht kümmerte. Die Direktorin sah Herrn Kuppisch mit einem fragenden Blick an. Herr Kuppisch zog den Brief aus seiner Tasche und las vor: »Sehr geehrter … Bezug nehmend undsoweiter-undsoweiter … Hier!« Er hatte die Stelle gefunden, die er suchte, und begann nun, den Brief zu zitieren. »… haben wir veranlaßt, daß die verhangene Relegierung rückgängig gemacht wird.«

Mit einem triumphierenden »Hm!« ließ Herr Kuppisch den Brief sinken. »Wir haben nämlich eine Eingabe geschrieben!« sagte er voller Genugtuung und winkte Micha und Frau Kuppisch rein, damit die Direktorin weiß, wer mit *wir* gemeint ist. Micha kam nicht. Frau Kuppisch sagte verlegen: »Micha mußte noch mal. Das ist immer so, wenn er sich freut.« Das war gelogen, aber es war bereits ihre vorletzte Lüge. Sie würde nur noch ein einziges Mal Micha in einem günstigen Licht darstellen.

Denn Micha war nicht auf der Toilette, weil er mal mußte, und er freute sich kein bißchen. Er war im Waschraum verschwunden, um sich vor dem Spiegel unordentlich herzurichten. Als er ins Direktorzimmer kam, kaute er Kaugummi, hatte zerstrubbelte Haare und gleich die oberen drei Knöpfe seines Hemdes verwegen geöffnet. Micha sah aus wie der Schüler, der nie und nimmer auf dem Roten Kloster geduldet würde. Frau Kuppisch begann zwar sofort, an ihm herumzumachen, aber Micha wehrte ihre Zudringlichkeit mit einer Handbewegung ab. Frau Kuppisch warf einen scheuen Blick zu der Direktorin, um herauszufinden, wie verheerend Michas Eindruck ist – aber die Direktorin sagte nichts. Sie schaute Micha nur an, und Micha schaute sie an. Niemand der beiden mußte etwas sagen. Frau Kuppisch wollte die Situation entschärfen und versuchte es das letzte Mal mit einer Lüge. »Mischa, wenn du jetzt auf dem Internat bist, mußt du deinem sowjetischen Brieffreund schreiben, daß sich deine Adresse geändert hat.«

Selbstverständlich hatte Micha keinen sowjetischen Brieffreund, und so sah er auch nicht aus. Weil er und die Direktorin sich noch immer mit Blicken maßen, fuchtelte Herr Kuppisch nervös mit dem Brief, den er als Antwort auf seine Eingabe erhalten hatte, und ermunterte Micha: »Nun sag doch auch mal was!«

Micha sagte etwas, das er von Onkel Heinz gehört hatte, und er verließ danach das Zimmer und die Schule. Was er sagte, war ausreichend, um ihn auf Dauer nichts werden zu lassen. Wenigstens mußte er von nun an nicht mehr gehorsam sein. Das war anstrengend. Und auch Frau Kuppisch mußte sich keine Beschönigungen mehr einfallen lassen. Das war nämlich auch anstrengend. Und sie war nach wenigen Minuten ganz froh über die Entscheidung ihres Sohnes. Anständige Eltern schicken ihre Kinder nicht auf eine Schule wie das Rote Kloster, dachte Frau Kuppisch. Auch Herr Kuppisch war bald bester Laune; er brauchte nur an seine Eingabe zu denken, und schon füllte sich seine Brust mit Stolz. »Wenn wir wollten, dann hätten wir auch!« sagte er und schwenkte den Brief. »Denen haben wir's heute gezeigt!«

So kam es, daß Micha und seine Eltern erhobenen Hauptes in die Sonnenallee zurückkehrten – obwohl Micha trotz jahrelanger zäher Bemühungen nicht auf dem Roten Kloster landete. Es war immer so kompliziert und anstrengend, aber der Schlußstrich war ganz einfach zu ziehen. Er sagte »Ras, dwa, tri – Russen wer'n wir nie!«, und das wurde verstanden.

Leben und Sterben in der Sonnenallee

Miriam hingegen hat Micha in den folgenden Wochen völlig ignoriert. Sie verzieh ihm nicht, daß er sie trotz viermaliger Aufforderung nicht besucht hatte. Da sie von Michas Verhaftung durch den ABV nichts erfuhr, hatte sie Michas Nicht-Erscheinen an jenem Abend maßlos gekränkt: Wenn er nicht mal auf solch eine Einladung reagiert, was will er denn dann? Wenn er schon nicht auf mich reagiert, wen will er denn dann? Micha war und blieb eine taube Nuß, und Miriam begann wieder damit, sich mit Westlern rumzuknutschen. Sie machte kein Geheimnis daraus. Jede Woche stand ein anderer Wagen bei ihr vor der Tür: erst ein Porsche, dann ein Mercedes Cabriolet, dann ein Jaguar und einmal sogar ein Bugatti. All die sagenhaften Autos, die ihr kleiner Bruder nur als Matchbox kassierte, fuhren bei Miriam tatsächlich und ganz in echt vor. Micha wurde ganz blaß; er fragte sich, wie Miriam das hinkriegt: Jede Woche ein anderer. Miriams jüngerer Bruder jedoch verriet Micha, daß es nicht so war, wie es schien. In Wirklichkeit war es noch viel schlimmer, als Micha es vermutete. Für einen Big Banger – eines der seltenen Autos, mit dem Miriam noch nie abgeholt wurde –, offenbarte Miriams jüngerer Bruder: »Du denkst, daß meine Schwester jede Woche einen anderen Kerl hat. Aber das stimmt nicht. Es ist immer derselbe. Nur hat der jede Woche einen anderen Wagen.« Nicht mal Miriam selbst wußte, wie er das schafft. »Der Typ muß Millionen haben!« Miriams jüngerer Bruder vermutete sogar: »Das ist Elvis.« Aber es war nicht Elvis. »Aber wer ist es dann? Wer?« fragte Miriams jüngerer Bruder. Micha meinte schließlich: Vielleicht ist er der Scheich von Berlin.

Der Scheich von Berlin vollbrachte eine gute Tat: Er öffnete einmal so idiotisch die riesige Tür seines Cadillac, daß Wuschel mit seinem Klappfahrrad keine Chance hatte auszuweichen. Wuschel schlug aufs Pflaster. Wäre er heulend zum ABV gelaufen, dann wäre es für den Scheich von Berlin teuer geworden. Aber Wuschel regelte das ganz in Ruhe. Er brauchte fünfzig West für die *Exile on Main Street*. Der Scheich von Berlin wollte ihn erst mit zwanzig West, dann mit fünfzig Ost abspeisen, aber Wuschel bestand auf fünfzig West – und schließlich bekam er die. Nun mußte Wuschel nur noch auf einen Dienstag warten – und dann konnte er sich endlich sein Doppelalbum bei Kante abholen, der noch immer einmal in der Woche unter der S-Bahn-Brücke stand und Platten verkaufte.

Weil der Scheich von Berlin sich so knickrig zeigte, kamen Wuschel Zweifel, ob er denn wirklich der ist, für den ihn alle halten. Für Micha spielte das keine Rolle. Scheich oder nicht – der Typ war viel zu oft bei Miriam, und er hatte immer ein viel zu gutes Auto. Und er paßte nicht ins Klischee: Norma-

135

lerweise haben Männer mit einem auffällig schönen Auto wechselnde Frauen – aber der Scheich von Berlin war ein Mann mit einer auffällig schönen *Frau* und wechselnden Autos. Gegen einen, der immer wiederkam und jedesmal in einem neuen Auto, war Micha machtlos. Michas Nerven lagen blank. Als er wieder mal von einer Schulklasse auf dem Aussichtsturm auf Westberliner Seite ausgelacht wurde, brüllte er wütend zurück: »Wenn ich achtzehn bin, dann geh ich für drei Jahre an die Grenze – und dann knall ich euch alle ab!« So wütend wie in dem Moment hat ihn nie einer in der Sonnenallee gesehen. Aber sein Wutausbruch hatte auch etwas Gutes: Micha ist danach nie wieder ausgelacht worden.

Der Scheich von Berlin war in Wirklichkeit der Parkwächter im Hotel Schweizer Hof. Er wußte, welche Gäste ihre Wagen in der Garage lassen, solange sie im Hotel wohnen. Der Scheich von Berlin benutzte einfach deren Wagen. Es war die perfekte Methode, als stinkreich zu gelten. Doch eines Tages ging es schief. Nicht, daß er einen Blechschaden hatte. Er hatte auch keinen schweren Unfall. Es war noch schlimmer. Viel schlimmer, als es sich der Scheich von Berlin je hätte ausmalen können. Als er mit einem Lamborghini kam, gab es Schwierigkeiten bei der Zollkontrolle: Im Kofferraum lagen vier Maschinenpistolen. Der Scheich von Berlin hatte sich den Lamborghini ausgeliehen, ohne zu wissen, daß dieser Wagen der Mafia gehörte. Wegen der Maschinenpistolen wurde der Scheich von Berlin natürlich von der Stasi verhört, tagelang. Dann wurde er freigelassen. Die Maschinenpistolen und den Lamborghini bekam er nicht zurück. Die Mafiosi erwarteten ihn schon am Grenzübergang. Es war genau so, wie er befürchtet hatte: Sie standen da, drei Sizilianer, starrten Löcher in die Luft oder feilten sich gelangweilt die Fingernägel. Der Scheich von Berlin hatte die Schwierigkeiten mit der Stasi gerade hinter sich, aber jetzt sah er, daß *echte* Schwierigkeiten auf ihn warten. Er ging zurück zum Grenzübergang und fragte höflich, ob er nicht Bürger der DDR werden darf. Die Grenzer schickten ihn weg. Die Sizilianer standen noch immer an der gegenüberliegenden Straßenecke. Erneut kehrte der Scheich von Berlin um und flehte die Grenzer an, ihn zum Bürger der DDR zu machen. Er wurde wieder abgewiesen. Das drittemal kam er weinend auf Knien gerutscht und bettelte darum, Bürger der DDR zu werden. Ein Grenzer griff zum Telefonhörer und sprach mit einem Ministerium. Dort erbarmte man sich seiner. Der Scheich von Berlin wurde Bürger der DDR und Fußgänger. Aber mit ihm und Miriam war es vorbei. Sie sagte, wenn er im Fadenkreuz lebt, kann der Abstand zwischen ihnen gar nicht groß genug sein.

Das merkwürdige an der Mauer war, daß die, die dort wohnten, die Mauer gar nicht als außergewöhnlich empfanden. Sie gehörte so sehr zu ihrem Alltag, daß sie sie kaum bemerkten, und wenn in aller Heimlichkeit die Mauer geöffnet worden wäre, hätten die, die dort wohnten, es als allerletzte bemerkt.

Aber dann passierte doch etwas, was alle vom

kürzeren Ende der Sonnenallee daran erinnerte, wo sie wohnten, und es geschah in einer Weise, von der sich alle immer nur gewünscht hatten, daß es niemals passieren würde. Hinterher haben alle herauszufinden versucht, was an diesem Abend geschah und wie es geschehen konnte.

Micha hatte oft zusehen müssen, wie sich Miriam mit dem Scheich von Berlin knutschte. In seiner Ohnmacht verfolgte er wieder den idiotischen alten Plan, sich ihren Liebesbrief zu beschaffen, der noch immer im Todesstreifen lag. Seine Gedanken kreisten nur noch um diesen Liebesbrief und erreichten schon Dimensionen des Wahnsinns. Micha hatte sogar die Idee, sich für den Armeedienst an der Grenze zu melden, um dann vom nahegelegenen Wachturm mit Hilfe einer selbstgebauten optischen Anordnung aus Feldstecher und Zielfernrohr den Brief zu lesen. Micha vertiefte sich dermaßen gründlich in optische Formeln und beschäftigte sich so eingehend mit Fachbegriffen wie Brennweite, Brechung und Achsennachsprungkoeffizient, daß er die nötigen Berechnungen selbst anstellen konnte.

Manchmal stellte sich Micha auch einfach nur an die Stelle der Mauer, hinter der der Brief lag. Wie ein Hund, der auf Herrchens Grab den Mond anheult. An einem Dienstagabend, als tatsächlich Vollmond war, traf ihn dort Wuschel.

»Hallo, Micha!« rief Wuschel, der glänzend aufgelegt war. »Was machst'n du hier?«

Micha verstand nicht, wieso Wuschel so gute Laune hatte. Wie konnte überhaupt jemand gute Lau-

138

ne haben, wenn auf dieser Welt der Liebesbrief der Schönsten, der Allerschönsten verlorengeht! Ungelesen! Micha begann Wuschel sein Herz auszuschütten. »Dahinter liegt ihr Brief, verstehst du, ihr Brief liegt da, und ich komm da nicht ran!«

»Und wieso nicht?« unterbrach Wuschel verwundert.

»Na wie denn?« fragte Micha verzweifelt. »Das ist der Todesstreifen, Mann, da wirst du erschossen, wenn du reingehst.«

Wuschel sah Micha an, als verstünde er nicht, wo das Problem liegt, und sagte: »Das erzähl ich dir morgen.« Er hatte es eilig wegzukommen, aber Micha hielt ihn fest. Wuschel schien die Antwort auf Michas wichtigste Frage zu kennen!

»Wie soll das gehn?« wollte Micha wissen.

»Du stellst Fragen!« sagte Wuschel und schüttelte entgeistert den Kopf. Dann zeigte Wuschel auf Michas Haus. »Da ist doch deine Wohnung!«

»Na und, das weiß ich selbst!« sagte Micha, der gar nicht verstand, was Wuschel damit sagen wollte.

»Na, mit einem Verlängerungskabel kannst du deinen Staubsauger hier anschmeißen.«

»Na und? Was soll ich denn hier mit einem *Staubsauger*?«

Wuschel zeigte auf einen Haufen mit Bauschutt, der schon seit Jahren vor Michas Haus lag. Mitten im Schutthaufen steckte ein langer Rest von einem Rüsselschlauch. »Du mußt doch nur das eine Ende von dem Schlauch da in den Staubsauger stecken und das andere Ende in den Todesstreifen halten.«

139

Micha war sprachlos – die Idee war genial. Er mußte mit dem Schlauch nur oft genug an der Stelle harken, wo ungefähr der Brief lag. Irgendwann würde sich der Brief am Ende des Rüssels festsaugen. Micha holte sofort einen Staubsauger und eine Kabeltrommel aus seiner Wohnung. Wuschel mußte ihm helfen, obwohl er gar nicht wollte.

In dieser Nacht waren alle ein bißchen mehr aufgekratzt als sonst, vielleicht weil Vollmond war. Die Existentialistin, die mit Mario durch die Stadt wanderte, hielt Tiraden wie schon lange nicht mehr. »Mann, ick kann dir sagen, ick hab ja so wat von die Schnauze voll. Mann, ick bin Malerin, aba wat sollst'n hier maln? Du brauchst nur eene Farbe, dit is Grau, du hast nur een Jesicht, dit hat's satt. Eh, weeßte, ick hab ma vonne Freundin von drü'm so Farben jekricht, uff die hier alle scharf sind, weil die so leuchtend und so wat weeß ick sind. Eh, ick sach dir, ick konnt ja nischt damit anfang'! Wat sollst'n maln mit so bunte Farben? Eh, ick sach dir, die schaffen hier noch die Farben ab. Wenn jetzt schon dit Rot von die Fahnen verblaßt, ick sach dir, denn machen die ernst! Keen Wunda, des alle abhaun hier. Und wer noch nich abjehaun is, der will abhaun. Und wer noch nich abhaun will, der wird och noch dahintakomm. Und der letzte macht det Licht aus.«

In dem Moment ging wie durch ein Wunder tatsächlich überall das Licht aus. Mario und die Existentialistin standen im Dunkeln. Es war ein gewöhnlicher Stromausfall, aber er kam aufs Stichwort, und er passierte im Grenzgebiet. Das war noch nie passiert – ein Stromausfall im Grenzgebiet. Der Existentialistin wurde dabei so unheimlich, daß sie zu schluchzen anfing und sich Mario um den Hals warf.

»Scheiße, Mario. Jetzt sind wir hier echt die letzten. Se ham uns vajessen. Du läßt mich doch nicht allein. Mich – und das Baby.«

Mario glaubte nicht richtig zu hören. »Das Baby?« fragte er. Sie nickte. So erfuhr Mario, daß er Vater wird.

Zu dem Stromausfall kam es genau in dem Augenblick, als der Grenzer die komplizierte japanische Hi-Fi-Anlage an das ostdeutsche Stromnetz anschloß. Es gab einen Kurzen – und das Licht im gesamten Wohngebiet und im Todesstreifen erlosch. Es wurde zappenduster. Der Grenzer, geübt in Verschwörungstheorien, durchschaute blitzartig, daß die japanische Hi-Fi-Anlage eine Art Trojanisches Pferd war, daß sie einzig und allein dazu dem Zoll in die Hände gespielt worden war, um einen Stromausfall zu verursachen. Und deshalb löste der Grenzer sofort Großalarm aus. »Grenzalarm!« schrie er und schoß Leuchtmunition in den Himmel, wo der Vollmond stand, an dem es wohl lag, daß in jener Nacht alle etwas aufgekratzter waren als sonst.

Als die erste Leuchtmunition in den Himmel geschossen wurde, stiegen Herr und Frau Kuppisch aufs Dach, um das Schauspiel besser verfolgen zu können. Sie legten die Arme umeinander und riefen »Oh!« und »Ah!«. Es war ein Feuerwerk, wie sie es noch nie gesehen hatten, weder zu Silvester oder zum Jahrestag der Republik noch zu irgendeinem Jugendfestival.

Natürlich war auch bei Micha und Wuschel Stromausfall. Der Staubsauger ging aus, ehe die beiden mit ihrer Apparatur den Brief erwischt hatten. Als sie nun den langen Rüssel zurückzogen, wurden sie von Grenzsoldaten entdeckt. Das brennende Magnesium der Leuchtkugeln spendete ein gleißendes Licht und warf harte Schatten, die sich gleich mehrfach auf der Mauer abzeichneten. Und da die Leuchtkugeln stiegen und fielen, bewegten und verzerrten sich auch die Schatten von Micha und Wuschel und ihrer rätselhaften Konstruktion. In ihrer Hektik wirkten sie wie Terroristen: Die Schatten stürzten ineinander oder trieben voneinander weg, rissen in alle Richtungen aus, blähten sich auf und verschwanden plötzlich. Kein Grenzer hätte auf die Idee kommen können, daß die beiden nur versuchten, einen Liebesbrief mit Hilfe eines Staubsaugers und eines überlangen Schlauches aus dem Todesstreifen zu holen. Es war völlig unmöglich, in dem gespenstischen Licht- und Schattenspiel der Leuchtmunition harmlos zu wirken. Und dazu der Vollmond.

Als der Schuß fiel, wußte jeder in der Sonnenallee, daß diesmal nicht mit Leuchtmunition geschossen wurde, und als Wuschel reglos auf dem Pflaster lag, wußten alle, daß dieser Schuß ein Treffer war. Micha war noch bei ihm, auch Mario und die Existentialistin kamen sofort. Auch Herr und Frau Kuppisch sind gleich vom Dach gestiegen, um zu schauen, was passiert ist, ebenso der ABV, den es ja auch was anging. Miriam und ihr jüngerer Bruder kamen auch noch. Wuschel lag auf der Straße, regte sich nicht, und alle heulten. Wo sein Herz war, hatte der Einschuß die Jacke zerrissen. Alle hatten immer gehofft, so etwas nie zu erleben. Aber nun war es passiert. Wuschel bewegte sich noch. Die Existentialistin beugte sich zu ihm hinunter, um ihn beim Sterben wenigstens bequem zu betten – aber plötzlich rappelte sich Wuschel auf. Er knöpfte seine Jacke auf und holte, noch ganz benommen, die *Exile on Main Street* hervor. Die Platte war zerschossen, aber sie hatte ihm das Leben gerettet.

Wuschel fing an zu heulen. »Die echte englische Pressung!« schluchzte er, als er die Bruchstücke der *Exile* aus dem zerfetzten Cover zog. »Die war neu! Und verschweißt! Und jetzt sind sie *beide* kaputt! Es war doch ein Doppelalbum!« Wuschel war in Tränen aufgelöst.

»Wuschel, wenn's nur eine wäre …«, sagte die Existentialistin und wagte es nicht, den Gedanken zu Ende zu denken.

»Eine hätte nicht gereicht, Wuschel«, sagte Herr Kuppisch.

»Ja doch«, sagte Wuschel, von Weinkrämpfen geschüttelt. *»Trotzdem!«*

Und dann sah Micha, wie der Liebesbrief aus dem Todesstreifen über die Mauer flog. Der Brief brannte lichterloh. Eine niedergehende Leuchtkugel war auf den Brief gefallen und hatte ihn entzündet, worauf der Brief in seinem eigenen Hitzestrom emporgerissen wurde und als Asche seiner selbst wieder auf die kürzere Seite der Sonnenallee zurückflog. Micha hat den brennenden Brief angesehen, und als der verbrannt war, sah er Miriam an. Und da hat Miriam plötzlich begriffen, was hier passiert ist. Sie hat es natürlich nicht in allen Einzelheiten begriffen, aber ihr war klar, daß der Schuß auch irgendwie mit ihr zu tun hatte.

Ein paar Tage später sind sich Miriam und Micha auf der Straße begegnet. Es war einer der letzten warmen Tage des Jahres. Miriam hatte noch mal ihr Sommerkleid an und nichts drunter. Micha wickelte gerade ein Eis am Stiel aus. Als ihm Miriam ihr Herz ausschüttete, wagte Micha nicht an seinem Eis zu lecken, wahrscheinlich fand er das *uncool*, obwohl es das Wort damals noch gar nicht gab. So tropfte das Eis auf seine Hand und lief ihm den Unterarm hinunter.

Beide hatten ein schlechtes Gewissen: Miriam hatte die Wunde unterschätzt, wie sehr Micha an ihr litt, und Micha war in seinem Liebesbrief-Wahn zu weit gegangen. Wenn Wuschel nicht dieses unbeschreibliche Glück gehabt hätte, würde Micha nicht mehr leben wollen. Zumindest wäre für immer ein Schatten auf sein Leben gefallen. Hätte, würde, wäre ...

Miriam lenkte das Thema auf ihren Knutschkomplex. Es tat ihr leid, daß Micha so litt, wenn sie sich mit Westlern rumknutschte. Miriam versuchte Micha zu erklären, daß »die« alles vorschreiben wollen, daß »die« alles verbieten. Mit »die« meinte sie natürlich nicht die Westler, sondern alles ab Erdmute Löffeling aufwärts. Alle, die das Sagen hatten. »Die wollen uns alles verbieten oder alles vorenthalten«, meinte Miriam. Und irgendwie muß sie sich dagegen wehren, irgendwie muß sie doch spüren, daß die ihr eben nicht alles verbieten können. Und wenn sie sich mit Westlern knutscht, dann gibt ihr das so ein Gefühl, daß die nicht alle Macht über sie haben, weil …

Und während sie nach Worten suchte, spürte Micha, daß das Eis in seiner Hand mittlerweile kurz vor dem Absturz stand. Einfach um die Sache abzukürzen, unterbrach er Miriam. Ob sie mit ihm nicht mal ins Kino gehen will, es läuft gerade *In achtzig Tagen um die Welt*. Miriam, die von Sehnsucht, von ihrem Horror vor der Enge und von Fernweh sprechen wollte, fühlte sich wie erlöst: »Endlich versteht mich mal einer!« Micha verstand gar nichts, aber als sich Miriam erleichtert von ihm verabschiedete, winkte Micha ihr zu – und dabei flog ihm der letzte Rest seines Eises auf die Hemdbrust.

Im Kino sahen sie die Reise von Phileas Fogg und seinem Diener Passepartout, sie sahen Mohren und Bauchtänzerinnen, Urwälder und Wüsten, Dampfschiffe und Ballone, Krokodile, Büffel und Elefanten, die Sänften trugen. Micha war wieder so schüchtern, daß er es nicht wagte, den Arm um Miriam zu legen, obwohl der Film Überlänge hatte und obwohl sich Miriam an seine Schulter kuschelte.

Als sie aus dem Kino kamen, rollten Panzer die Karl-Marx-Allee entlang. Es war nur eine Übung für die Militärparade am 7. Oktober, aber die beiden wußten wieder ganz genau, wo sie waren. Die Panzer stanken und lärmten, und ein stärkerer Kontrast zu dem bunten und leichten Film ließ sich kaum denken. Miriam warf sich weinend in Michas Arme, und Micha umarmte sie, hielt sie fest und versuchte sie zu trösten. Aber da gab es nichts zu trösten: Der Film hatte Miriam *weich* gemacht, und plötzlich die Panzer in der Nacht – für so brachiale Konfrontationen war Miriam einfach nicht geschaffen.

Miriam hat den ganzen Weg zurück beharrlich geschwiegen, sie hat höchstens mal den Kopf geschüttelt. Zu Hause legte sie sich ins Bett, ohne mit jemandem zu sprechen. Am nächsten Morgen blieb sie liegen und schaute nur an die Decke. Sie reagierte auf nichts und niemanden. Auch am nächsten und übernächsten Tag blieb sie apathisch liegen. Sie ließ sich Tee einflößen oder mal ein bißchen Suppe. Natürlich haben sich ihre Leute Sorgen gemacht. Sie wußten ja nicht, was mit ihr los ist. Sie haben sich auch nicht getraut, Micha etwas zu sagen, sie wußten ja, wie empfindlich er ist und daß er immer alles gleich auf sich bezieht. Erst der ABV hat Micha geraten, mal zu Miriam zu gehen. »Deiner Kleinen geht's nicht gut.«

Als Micha bei Miriam am Bett saß, wurde ihm ganz anders. Er kannte die Geschichten von Leuten, die in diesem Land kaputtgehn, und er hatte nur einen Wunsch: Daß er Miriam retten wird. Er wollte sie schon immer retten. Manchmal wünschte er sich, daß ein Feuer oder sogar ein Krieg ausbricht, aus dem er sie retten kann – aber jetzt spürte er, daß jemand kommen und sie retten muß. Und dieser Jemand wollte er sein. Er beugte sich zu ihr hinunter und sagte: »Weißt du, mir geht es oft so wie dir, und dann schreibe ich das immer in mein Tagebuch. Aber du bist nicht allein, wirklich nicht. Du bist nicht allein.« Miriam zeigte keine Reaktion, auch nicht, als Micha ihr versprach: »Ich kann sie dir ja morgen vorlesen, meine Tagebücher.« Und dann verabschiedete er sich und stürmte in seine Wohnung, verhängte ein *Betreten verboten* über sein Zimmer und begann mit der Arbeit. Das Problem war nämlich, daß Micha nie Tagebuch geführt hat. Und jetzt mußte er.

Das erste Tagebuch war am schwersten, denn Micha mußte es mit links schreiben, damit die Schrift noch ungeübt aussieht. Die Wirkung seiner Tagebücher auf Miriam würde um so größer sein, je länger er Tagebuch führt, kalkulierte Micha. Die ganze Nacht saß Micha an seinen Tagebüchern und überlegte, was es bedeutet, hier am kürzeren Ende der Sonnenallee zu leben, wo die Dinge laufen, wie sie laufen. Und er schrieb, daß er sie schon immer liebte, weil er gespürt hat, daß sie etwas Besonderes ist und daß etwas in ihr lebt, das über sie hinausgeht, und daß sie ihm immer Hoffnung gegeben hat und er ihr wünscht, alles, alles, alles möge ihr gelingen. Er wußte, daß er ihr all seine Bekenntnisse vorlesen wird, aber das machte ihm nichts aus. Um Mi-

riam aufzumöbeln, um sie zu retten, war ihm jedes
Mittel recht. Jedes.

Am nächsten Morgen wurde Micha von Frau Kuppisch gefunden, wie er über dem letzten Tagebuch
eingeschlafen war. Michas Kopf lag auf dem aufge-
schlagenen Tagebuch, seine Pfoten waren tinten-
verschmiert, und sieben leergeschriebene Tinten-
patronen lagen auf dem Tisch. Jawohl, sieben!
Dshingis-Khan zeugte in einer Nacht sieben Kinder,
aber Micha verschrieb in einer Nacht sieben Patronen.

Als Micha mit seinen Tagebüchern zu Miriam kam,
lag sie genauso apathisch im Bett wie an den Tagen
zuvor, die Augen starr auf die Zimmerdecke gerich-
tet. Micha nahm sich das erste Tagebuch vor und
zeigte es ihr: »Hier, siehst du«, sagte er, »damals habe
ich mehr gekrakelt als geschrieben.« Miriam zeigte
nicht die geringste Reaktion. »Ja, also«, sagte Micha
und räusperte sich, »ich lese jetzt mal vor: Liebes Tagebuch! Heute war ein wichtiger Tag, denn wir haben heute das ß gelernt. Jetzt lohnt es sich, mit dem
Tagebuch anzufangen, weil ich jetzt endlich ein ganz
wichtiges Wort schreiben kann, das ich bis jetzt immer nur denken konnte: SCHEIßE!«

Miriam lächelte. Micha, der nicht gleich am Anfang unterbrochen werden wollte, wehrte ab: »Moment, Moment, das geht noch weiter …« Aber dann
stutzte er und begriff, daß Miriam wieder aufge-
taucht war. Sie nahm wieder etwas auf, sie hörte,
sie reagierte, sie lächelte! Micha war überglücklich:

»Hast du … Hab ich dich …« Miriam lächelte und erstrahlte und schließlich schlang sie ihre Arme um seinen Hals und zog ihn zu sich herunter und löste endlich ihr Versprechen ein: Sie zeigte ihm, wie Westler küssen.

Miriams jüngerer Bruder stand in der Tür und sah zu. Wurde ja auch Zeit, dachte er.

Dann ging er zum Platz, ließ sich einen Stretcha Fetcha geben und erzählte Mario und der Existentialistin, Wuschel, dem Dicken, Brille und dem Schrapnell, wie Miriam von Micha gerettet wurde. »Leute, das ist Liebe!« sagte Miriams jüngerer Bruder, und alle nickten andächtig und schwiegen. Und als der Schatten einer Wolke über sie hinwegflog, fröstelten sie.

Als Micha an diesem Nachmittag Miriam verließ und mit einem Hochgefühl nach Hause ging, öffnete ihm Frau Kuppisch weinend die Tür. »Der Heinz ist … tot!« sagte sie und zeigte ins Wohnzimmer. Heinz saß tot im Sessel. »Lungenkrebs!« sagte Sabine unter Tränen. »Der Arzt meinte, es war Lungenkrebs.«

Es klingelte, und Herr Kuppisch öffnete. Vor der Tür stand der Stasi-Nachbar und sprach Familie Kuppisch sein Beileid aus. Er trug sogar einen schwarzen Anzug. »Ich habe mich in bezug auf meine berufliche Tätigkeit immer diskret verhalten«, sagte er etwas umständlich. »Aber wenn wir so lange Nachbarn sind …« Er winkte zwei Männern im Treppenhaus zu, die daraufhin einen Sarg in die enge Wohnung bugsierten. So erfuhr Familie Kuppisch, daß ihr Nachbar Leichenbestatter ist. Herr Kuppisch war so überrascht, daß er ganz blaß wurde. Sein Nachbar schenkte ihm einen Schnaps ein. »Kommen Sie, Herr Kuppisch, das ist nichts Ungewöhnliches, daß Ihnen der Kreislauf den Dienst verweigert. Das ist doch unser tägliches Brot.« Herr Kuppisch kippte den Schnaps, und als es ihm wieder besserging, sagte er arglos seinem Nachbarn, was ihm gerade durch den Kopf ging: »Lieber ein Leichenbestatter-Nachbar als ein Stasi-Nachbar. Da wissen wir doch wenigstens, woran wir sind.« Der Nachbar verstand überhaupt nicht, was Herrn Kuppisch bewog, diesen Vergleich zu ziehen, aber trotzdem nickte er verständnisvoll. Und dann machte er sich an die Arbeit.

Als der Sarg geöffnet wurde, krampfte sich Michas Herz zusammen. Frau Kuppisch standen so viele Tränen in den Augen, daß sie ihren toten Bruder nicht mehr erkennen konnte. Bernd fragte Sabine, wo denn ihr Gottesdiener sei, wegen der Letzten Ölung und dem Himmel, aber Sabine schluchzte: »Mit dem war's doch langweilig … Wegen Keuschheitsgelübde, Papa, hast du von so was schon mal gehört?« Und als Heinz in den Sarg gelegt wurde, geschah noch etwas, das Micha die Tränen in die Augen trieb: Eine Rolle Smarties rutschte aus seinem Hosenbein.

Heinz hätte der größte Schmuggler werden können, dachte Micha, aber er hätte wenigstens einmal was Verbotenes mitbringen müssen, eine Bombe oder *Moscow, Moscow* oder Pornohefte … »Aber doch nicht immer so was!« schluchzte Micha, als er die Smarties aufhob.

Zur Beisetzung von Heinz wurde Frau Kuppisch rübergelassen. Es war das erstemal, daß jemand von denen, die am kürzeren Ende der Sonnenallee lebten, in den Westen fahren durfte. Vielleicht durfte sie, weil sie ihre Familie als Pfand zurückließ. Oder weil sie immer die Fahne rausgehängt, das ND abonniert, Quartiergäste aufgenommen hatte ... Frau Kuppisch durfte nur eine Nacht im Westen bleiben. Bei ihrer Rückkehr stellte sie eine Büchse Kaffee auf den Tisch. »Hab ich geschmuggelt!«

»Geht das schon wieder los!« stöhnte Micha. »Mama, Kaffee ist total legal, den brauchst du nicht zu schmuggeln, da hättst du doch lieber ...«

Herr Kuppisch hatte schon neugierig die Büchse geöffnet und genüßlich unter seine Nase gehalten. »Das ist kein Kaffee!«

Bernd griff in die Büchse. Schwarze Krümel blieben an seinen Fingerkuppen hängen. »Das sieht eher aus wie ...« Er rieb das Pulver ratlos zwischen den Fingern. Rauschgift war es nicht.

Sabine hatte als erste eine Ahnung: »Sag mal, ist das Onkel Heinz?« Frau Kuppisch nickte stolz.

Micha, Sabine und Bernd, Herr und Frau Kuppisch betrachteten eine Minute lang schweigend den Inhalt der Dose. »Friede seiner Asche«, sagte Herr Kuppisch schließlich und verschloß die Dose wieder. Niemand hätte gedacht, noch einen aufregenden Schmuggel-Coup mit Heinz zu erleben. Aber das übertraf alles: Heinz höchstselbst wurde über die Grenze geschmuggelt. Ein würdigeres Ende ließ sich nicht denken.

Am Abend wurde Heinz auf dem Friedhof in Baumschulenweg unter einer Kastanie beerdigt. Die Formulierung »Die Beisetzung fand in aller Stille statt« hat nie so sehr gestimmt wie bei diesem Begräbnis, obwohl sich alle vom kürzeren Ende der Sonnenallee versammelt haben, sogar der ABV und der Grenzer. Die Totenrede war sehr kurz. »Heinz«, sagte Herr Kuppisch feierlich, »du warst nicht nur unser Schwager, Bruder und Onkel – du warst unsre Westverwandtschaft!«

Sie schütteten das Grab mit Erde zu und gingen nach Hause. Unterwegs redeten alle miteinander. Nur Micha beteiligte sich nicht an den Gesprächen. Er überlegte, was er mit seinen Tagebüchern machen soll. Er hatte Miriam nur den allerersten Tag seiner Eintragungen vorgelesen, aber das Beste sollte noch kommen. Ob ich Schriftsteller werde? fragte er sich. Nee, dachte er, wie soll ich denn das beschreiben, ohne daß meine Leser mit dem Kopf schütteln? Wenn ich nur höre, mit welcher Wichtigkeit die über alles reden: Die Existentialistin erzählte Mario von einem neuen Buch über Kindererziehung, das im Westen erschienen ist, und wollte ihr Kind, wenn es geboren ist, wie einen Yequana-Indianer aufwachsen lassen. Der ABV ließ jeden wissen, daß er bestimmt zum nächsten Jahrestag befördert wird. Wuschel sagte, daß es im Centrum am letzten Freitag Lizenzen gab. Herr Kuppisch wiederholte zum fünftenmal, daß es ein Glück war, daß sie zur Wahl gegangen sind, denn sonst hätte Frau Kuppisch bestimmt nicht in den Westen gedurft.

Und ob es was zu bedeuten hat, daß die Alschers aus dem dritten Stock das Hausbuch führen – die sind garantiert bei der Stasi …

Mensch, was haben wir die Luft bewegt, schrieb Micha später. *Es wäre ewig so weitergegangen. Es war von vorn bis hinten zum Kotzen, aber wir haben uns prächtig amüsiert. Wir waren alle so klug, so belesen, so interessiert, aber unterm Strich war's idiotisch. Wir stürmten in die Zukunft, aber wir waren so was von gestern. Mein Gott, waren wir komisch, und wir haben es nicht einmal gemerkt.*

Es wäre ewig so weitergegangen, aber es ist was dazwischengekommen.

Mario und die Existentialistin hatten einen alten Trabi gekauft, aber solange Mario keine achtzehn war, durfte er nicht fahren, und selbst wenn, hätte er erst die Fahrschule machen müssen, was nicht so einfach werden würde, denn er hatte schon wieder lange Haare. Aber dann wollte Mario sich sein Geld als Schwarztaxifahrer verdienen. Es gab ja kaum Taxis, und schon gar keine, wenn man eins brauchte, und wer ein Auto hatte und Geld brauchte, fuhr Schwarztaxi. Und bald würde er Geld brauchen, denn die Existentialistin war schon im achten Monat.

Mario beschäftigte sich von früh bis spät mit dem Wagen. Nichts an diesem alten Trabant funktionierte; buchstäblich alles mußte repariert werden. Seitdem sie den Wagen hatten, sah die Existentialistin nur Marios Füße. »Wie kann ein so einfaches Auto nur so oft kaputt sein!« rief sie eines Tages aus, und als Mario sie beschwichtigte »Nein, das ist nur die Überwurfmutter der Dichtungsmuffe, die verkantet manchmal am Mitnehmerritzel …«, setzten die Wehen ein.

»O Gott, Mario, es geht los!« rief die Existentialistin. Mario kroch unter dem Wagen hervor. »Geh ans Telefon! Ruf ein Taxi!« rief die Existentialistin.

»Hier gibt's kein Telefon! Hier gibt's kein Taxi! Ich fahr dich!«

»Womit?« fragte die Existentialistin verzweifelt, aber im selben Moment ahnte sie, was Mario meinte. »Mario, wir haben das Ding schon sechs Wochen, aber der ist noch nicht einen Meter gefahren!«

»Dann wird's aber Zeit!« rief Mario, drehte den Zündschlüssel herum, und tatsächlich – der Motor startete! »Das kann eigentlich gar nicht sein«, murmelte Mario. Er setzte die Existentialistin auf den Beifahrersitz, schloß die Tür und bretterte aus der Tordurchfahrt, wo er eben noch den Wagen repariert hatte. Es regnete in Strömen, es goß wie aus Kübeln. Als der Wagen auf die Straße schoß, verlor er an der Bordsteinkante den Auspuff samt Schalldämpfer. Der Wagen knatterte zum Gotterbarmen. Das Kind würde einen Schaden fürs Leben haben, fürchtete die Existentialistin. Im Trabi geboren zu werden ist so schlimm wie bei einem Luftangriff zur Welt zu kommen. Mario war nicht so rücksichtsvoll. Er schrie begeistert gegen den Lärm an: »Sogar der Scheibenwischer funktioniert, hast du das gesehen?« Für solche Feinheiten interessierte sich

die Existentialistin nicht, sie wollte dem knatternden Inferno entrinnen, ehe ihr Kind zur Welt kommt.

Doch plötzlich sollte die Fahrt zu Ende sein. Ein
Verkehrspolizist stand mitten auf der Straße.

»Lassen Sie uns durch!« rief Mario. »Wir bekommen
ein Baby!«

»Stellen Sie den Motor ab«, sagte der Polizist. »Erst
lassen wir die sowjetische Delegation passieren.«

»Nein«, rief Mario, »wir kriegen das Baby jetzt!«,
legte wieder den Gang ein und schoß auf die Ma-
gistrale. Später sagte er denen vom Platz: »Wenn deine Freundin in den Wehen liegt, dann kennst du
keinen Staatsbesuch.«

Als Mario auf die Hauptstraße bog, passierte ihn
die Delegation; dreizehn Staatskarossen rasten mit
Höchstgeschwindigkeit stadteinwärts. Aber Mario
war schneller. Bald hatte er den letzten Wagen erreicht, und dann begann er nach und nach alle
Staatskarossen zu überholen. Die Existentialistin lag
schweißgebadet auf dem Beifahrersitz und war
schon mitten in den Wehen. Als Mario fast die gesamte Kolonne überholt hatte, scherten zwei Wagen
aus und nahmen Marios Trabi in die Zange, so daß
er anhalten mußte. Mario würgte den Motor ab. Er
versuchte, sofort wieder zu starten, aber es mißlang.
Er stieg aus und stand im strömenden Regen. Die
Existentialistin wimmerte und keuchte. Mario fühlte sich so hilflos wie noch nie, und in seiner Ver-
zweiflung fiel ihm nichts anderes ein, als bittende
und flehende Gesten in Richtung der verdunkelten
Staatskarossen zu machen. Tatsächlich öffnete sich

eine Wagentür, und einer der Russen stieg aus. Er hatte ein großes Muttermal auf der Stirn, was ihn im ersten Moment furchterregend aussehen ließ. »Bitte!« sagte Mario tapfer. »Wir kriegen ein Baby!« Der Russe machte nur eine Handbewegung zum Himmel – und augenblicklich hörte es auf zu regnen. Dann beugte er sich ins Auto, wo die Existentialistin in den Wehen lag. Sie stöhnte und schrie. Der Russe hantierte im Wageninneren herum, und ein paar Augenblicke später kam er wieder aus dem Auto und hielt ein fertig gewickeltes Neugeborenes, das er Mario in den Arm legte. Nachdem der Russe beide Hände frei hatte, berührte er die Motorhaube des Trabis. Der Wagen sprang sofort wieder an.

»Das ist 'n Russe, der Wunder vollbringt!« rief die Existentialistin. »Frag ihn, wie er heißt!«

Mario fragte ihn aufgeregt: »Kak tebja sawut?«, aber der Wunderrusse war schon mit einem Lachen in seinen Wagen gestiegen und weitergefahren.

Mario und Elisabeth standen mit ihrem Baby auf der Straße und sahen den Staatskarossen hinterher, und je weiter sich der Konvoi entfernte, desto deutlicher wurde den beiden, daß ihnen soeben etwas widerfahren ist, das ihnen niemand je glauben wird. Und auch ihr Kind wird größer werden und wachsen und fragen lernen und zuhören … Aber die Dinge in diesem Land würde es wahrscheinlich genau so wenig begreifen wie seine Eltern.

Wer wirklich bewahren will, was geschehen ist, der darf sich nicht den Erinnerungen hingeben. Die menschliche Erinnerung ist ein viel zu wohliger Vor-

156

gang, um das Vergangene nur festzuhalten; sie ist das Gegenteil von dem, was sie zu sein vorgibt. Denn die Erinnerung kann mehr, viel mehr: Sie vollbringt beharrlich das Wunder, einen Frieden mit der Vergangenheit zu schließen, in dem sich jeder Groll verflüchtigt und der weiche Schleier der Nostalgie über alles legt, was mal scharf und schneidend empfunden wurde.

Glückliche Menschen haben ein schlechtes Gedächtnis und reiche Erinnerungen.

Thomas Brussig
Leben bis Männer
Band 15417

Einer packt aus. Mehr als zwanzig Jahre war er der Stratege am Rand, im Training ein harter Knochen, auf dem Platz ein Erlöser. Sein Verein hieß einst ›Tatkraft Börde‹, sein Beruf ist Fußballtrainer. Jetzt zieht er vom Leder, und es gibt kein Halten: Weil einer seiner Spieler vor Gericht gestellt wurde, hat die Mannschaft den Aufstieg nicht geschafft. Nach ›Helden wie wir‹ und ›Am kürzeren Ende der Sonnenallee‹ hat Thomas Brussig nun den Aufschrei eines Menschen aus der Provinz aufgezeichnet. ›Leben bis Männer‹ ist der Monolog eines Mannes, der ein enger Verwandter des Kontrabassisten von Patrick Süskind sein könnte.

Collection S. Fischer

fi 15417 / 1

Thomas Brussig
Helden wie wir
Roman
Band 13331

Die deutsche Geschichte muss umgeschrieben werden:
Klaus Uhltzscht war es, der die Berliner Mauer zum Einsturz gebracht hat! Dabei ist Klaus eigentlich ein Versager
par exellence. Als Sohn eines Stasi-Spitzels und einer
Hygieneinspektorin wächst er zwischen Jogginghosen und
Dr. Schnabels Aufklärungsbuch auf, bleibt im Sportunterricht auf ewig ein Flachschwimmer. Auch sein großer
Traum, als Topagent bei der Stasi zu arbeiten, erfüllt sich
leider nicht.

Dafür aber wird er, der inzwischen eine Perversionskartei
erfunden hat, zum persönlichen Blutspender Erich
Honeckers. Jetzt, da auch noch die Mauer durch – man höre und staune – seinen Penis fiel, packt Klaus aus und
erzählt von seinem ruhmreichen Leben. Keiner hat bislang
frecher und unverkrampfter den kleinbürgerlichen Mief
des Ostens gelüftet als Brussig. Ein Lesevergnügen
allererster Ordnung!

Fischer Taschenbuch Verlag

fi 13331 / 1

Thomas Brussig
Wie es leuchtet
Band 15799

Das Leben ist ein Märchen, erzählt von einem Narren – und
der neue, große Roman von Thomas Brussig, der zwischen
den Sommern '89 und '90 spielt, ist dieser Shakespeareschen
Erkenntnis dicht auf den Fersen. Seien Sie darauf gefaßt,
dem glücklichsten Menschen der Welt zu begegnen, sieben
unvollendeten Transsexuellen, einem Fotografen, der nur
mit geschlossenen Augen fotografiert, einem DDR-Bürger-
rechtler im LSD-Rausch, Lena, der rollschuhlaufenden
Jeanne d'Arc von Karl-Marx-Stadt – und vor allem darauf,
daß beim Einsturz Lärm entsteht.

»Satire, Gesellschaftskritik, magischer Realismus:
der Zauber in Deutschland während der Wende.«
Der Spiegel

»Endlich der Roman, der die gebrochenen Wahrheiten
deutscher Vereinigung bilanziert. Ein Buch der
›ernsten Scherze‹, aus denen alle große Literatur besteht.
Erstmals begreifen wir, warum die deutsche Einheit
Komödie, Tragödie und Posse zugleich ist.«
Beate Pinkerneil, 3sat Kulturzeit

Fischer Taschenbuch Verlag

fi 15799 / 2